講談社文庫

小説　こんにちは、母さん

小池水音

講談社

1

シュレッダーが音を立てて書類を切り刻んでいく。白い紙が端まで飲み込まれるのをこの目で見て、ようやく息がつける思いがする。

この日のために何ヵ月もかけて用意をしてきた書類だった。それがほんの数人の目に触れただけで、あとはこうして、ただのごみ屑《くず》になる。それでよかった。結局は遠からず明るみにでる秘密を、かたちだけでも早くなくしてしまいたかった。

この紙きれが誰かの人生を左右する。そんなことは考えないようにしていた。紙きれはただの紙きれで、数字はただの数字で、判子はただの判子。そう思い、すべての仕事を黙々と進める作業にしてしまえば、すこしは楽になれた。

「よくまとめてくれたよ、神崎《かんざき》くん」

先ほどの会議で、この書類を手にした役員の一人が、そう言った。

「これでわれわれも、どうにか責任を果たせる。君の手柄だね」

普段は気にならないシュレッダーの音が今日は耳につく。あたりに響いているように感じる。部長であるじぶんが時間をかけて書類を処分しているのを、フロアにいる誰もが、その目線はまっすぐにモニターに向けたまま、物言わず監視しているのではないか。そんな気分になる。

それともこんなことを気にしているのは、じぶんだけなのだろうか。そうかも知れない。少なくとも、このあたりのデスクに座る同じ人事部の部下たちは、もう慣れっこのはずだ。たとえそれが秘密を切り刻む音であるとわかっていてもなお、平常の顔をして仕事を進めることができる。それだけ優秀な社員たちだった。

じぶんよりも偏差値の高い大学を出た、じぶんよりもよほど有能な部下に対して、どうにかして体裁を保とうと努めて、もう何年にもなる。

「神崎部長、営業販売部の木部《きべ》課長がお見えです」

そう声をかけられて、われにかえった。昨年、別の部署から異動してきた原由貴子《はらゆきこ》だった。

大きな、けれど何を思っているのかが透けて見えない目を、彼女はしていた。仕事が早く、物腰は柔らかくて、周囲からの評価も高い。しかし彼女を前にするとなんだか、まるでじぶんの一挙手一投足を測られているような気にもなった。

「私がやりましょうか？」

処分すべき書類は、まだ手元にひと束残っていた。

「いい、大事な書類だから」

そう返すと彼女は小さく頷《うなず》いて、自席へと戻ってゆく。

一度に入れる紙が多すぎたのか、シュレッダーがピーッという音を立てて動きを止める。機械を逆回転させるボタンを押して、途中まで刻まれた書類を手元に戻す。そうしてそれを半分にわけて、再びシュレッダーにかける。すべての書類がまちがいなく機械に飲みこまれるのを、最後までじっと見守る。

動揺していた。ふいに声をかけられたためでもある。しかし、それ以上に、原が口にしたのがほかでもない、木部の名前だったからだ。

顔をあげて、何気ないそぶりで自席のあたりに視線をやる。

木部がポケットに手を突っ込んで立っている。背が高く線の細い体を、リズムを取るようにして軽く揺らしながら、東京駅を見下ろせるガラス窓の向こうに目を向けていた。

書類を吐きだしてすっかり薄く、軽くなったファイルを手に、デスクの方へと向かいながら、木部に声をかけた。

「しばらくだな。どうした息子？　頑張ってるか」

　平静を装うことができたはずだ。自分自身に確かめるように、内心で思う。

　木部が振り返る。フレームの細い眼鏡をかけた顔に、昔から変わりのない、皮肉めいた笑みを浮かべて言う。

「この間言ってたよ、二浪は嫌だからワンランク落とすそうだ」

　大学時代からの付き合いの上に、この自動車メーカーにも同期入社、さらには互いの子どもまで同い年だった。

　第二志望の大学に入学した娘の舞《まい》とちがって、木部の息子はより程度の高い大学を目指して、浪人生活を選んでいた。うちのは男だからさ。半年ほど前、息子が浪人すると話したとき、木部がそう言った。うちのは女だからか。その時、じぶんの頭の中で密やかに、そうよぎった。

「落とすって、どこの大学受けるんだ？」

「俺たちの大学だよ」

　その言葉に、二人して力なく笑いあった。今はこうして軽口を交わせるのがありがたかった。

「で、何か用か？」

オフィスチェアに腰を下ろして、そう尋ねる。

胸のうちでは、木部の返答に身構えていた。有給休暇届のようなどうでもいい書類を選んで、それに判子を捺《お》す。何気ない様子を装う。

「その大学の同窓会だよ、俺が幹事なんだ」

思いがけない内容だった。なんだ、そんなことかと緊張が解ける。

「どういう趣向でやるか、あれこれ考えてるんだけど、相談に乗ってくれないか？」

木部はデスクに両手をついて、得意げな顔を浮かべる。

目尻にシワが寄っている。少し前に顔を合わせた時よりも、額《ひたい》が広くなった気がする。

自分自身の顔はろくに鏡で確かめもしない。だからこそ、こうして友人の風貌を見る時に、歳月の過ぎたことを思い知らされる。木部の場合は、ほかの社員たちのように肥え太るのではなく、年を追うごとに顔も体も細くなっていた。

「もちろん」

そう返すと、今夜どうだい、と木部が言う。

「今夜か。なあ、原さん」

近くのデスクに座っている原に声をかける。

「久保田《くぼた》常務との晩飯は今夜じゃなかったっけ?」

「明日の晩です」

「じゃあ、大丈夫か」

そう言って木部の顔を見上げた時、思わず判子を持つ手が固まった。

木部の目は、虚《うつ》ろだった。とろんとしたその瞳が、デスクについたじぶんの手のあたりをぼんやりと見下ろしていた。

おい、と声をかけようとすると、一転して木部は笑顔を浮かべて、口を開いた。

「原くんも来いよ、たまにはいいだろ」

普段通りの軽い口ぶりだった。先ほどの目は、気のせいだったか。そう思い直す。

「いえ、私は」

「聞いてるぞ、強いそうじゃないか」

そう言って、木部は原の肩に手を置いた。

口に出すことはなかったが、内心でぎょっとした。

近ごろではもう誰も、そんな風に同僚に声をかけて、体に触れたりしなかった。それも相手が部下で、とくに女性である時には。

そうした空気というのか、潮流に、木部は気がついてすらいないようだった。

だから、お前は――。

頭の中でそんな言葉がよぎった。憤りとも、悲しみともちがう、落胆に近い暗い感情が胸のうちに広がった。

「強いだなんて、そんなのウソですよ」

原はそう言って、木部の言葉をうまくかわしてくれた。

気安い人柄や情に厚いようなところは、学生時代からの木部の長所だった。そう思ってきた。けれどいまのじぶんはもう、ただそう言っていられる立場ではなかった。

「じゃあ、七時に例の店で」

そう言い残して、木部はエレベーターホールのほうへと向かってゆく。

呼びとめて、なにか声をかけるべきだという気がした。しかし、ただそんな気がするだけで、具体的になんと伝えたらいいものか、分からなかった。

遠ざかる木部の背中を見送ってから、原の横顔を見た。

無理して来なくていいからな。そう伝えると彼女はひと言、はい、とだけ呟《つぶや》いた。

書類に判子をつく作業に戻ることにする。一つ判子をつく度に、先ほどまでのもやもやとした感覚が、少しずつ晴れていくような気がしてくる。

正確に、しかし迅速に、書類に目を通して、判子をつく。じぶんでも惚れ惚れしてしまうほど、満遍のない朱色の整った印字が、次々と白い紙に浮かんでいく。

輪切りの大根の煮物、鰺《あじ》の南蛮漬け、ジャガイモがよくかたちを残したポテトサラダ、色の濃い青菜のおひたし。

行きつけのその店はいつも、カウンターの上の付け台にそうした料理を大皿で並べていた。会社のあるビル街からほんのすこし外れた路地にある、十人も入れば一杯になる小さな店だった。

先輩に連れられてはじめて訪れたのは新入社員のころだから、もう二十年以上前になる。

大学生の入る安居酒屋とも、雑誌に載るような大げさな店ともちがう、こうした店に通うのが、大人なのか。そう感心しながら、連れてきてくれた同じ部署の先輩のグラスに、不器用にビールを注いだ。

舞が生まれるよりも、妻の知美《ともみ》に出会うよりも前。役職もなければ、じぶんが誰かに指示を出したり、なにかを判断するようになるだなんて、思いもしなかったころのことだった。

くの字になったカウンター席の端で、斜めの位置についた木部が徳利を差し出してくる。

「いいよ、じぶんでやる」

そう言って手を伸ばしても、木部は徳利を渡さない。

「まあまあそう仰《おつしや》らず、人事部長殿」

「やめろよ、その言い方」

そう返しつつ、大人しく注がれることにする。

人事部長などと呼ばれて浮かれるような気持ちになったのは、ほんの短い間だった。ここしばらくではもう、そう呼ばれるたびに、傷口に手で触れられるような思いがしていた。

「同窓会の話するんだろ」

「うん、その同窓会についてアイデアがあるんだ」

木部は意気を得たように話しはじめる。

「俺たちも、もう五十に近いんだから、庄助だか萬福だか、安酒呑ませる店はやめてだな」

弁舌を打つような、得意げなその話ぶりに耳を傾けながら、酒に口をつける。

「隅田《すみだ》川の屋形船を貸し切る」

木部は酒を持たないほうの手を、なにかを打つように威勢良く掲げた。

「あら、素敵」

木部とは反対の左隣に座る原が、そう口を開いた。

結局、原はついてきてくれていた。年に数度ある部会を別にすれば珍しい機会だった。

直属の部下として関わる時間は長いが、彼女について知ることはさほど多くなかった。

三十代の後半になるはずだが、正確な年齢をわざわざ尋ねたことはない。結婚はしていないはずだった。確か九州の出身で、学生時代には陸上部だったと、歓迎会か何かで耳にした記憶があった。

こうしてビールに、日本酒にとつき合ってくれているところを見ると、酒が強いというのは本当らしかった。

木部が気分良さげに屋形船についてつづける。

「いいだろう。川風を受けながら、ビールをきゅっと飲む。そのコップにひらひらと花びらが落ちてきたりして」

身振り手振りを交えて話す木部を見ていると、だんだんとイメージが湧いてくる。

両岸から迫るように咲き乱れる桜。その間を押しのけるみたいにして、船は隅田川を進んでいく。

懐かしい友人たちの顔まで浮かんでくる。もう五年近く、同窓会のような集いには出ていなかった。じぶんから疎遠にしてきた友人たちに、久々に顔を合わせたい。そんな気持ちが、なぜだか今しみじみと湧いてくる。

「悪くないな」

「お前の地元なんだから、ツテないのか？　屋形船の船長なんかに」

考えてみれば、高校生のころに水上バスに乗ったことはあっても、屋形船で酒を飲んだことはない。

「俺には思い当たらないけど、お袋なら知ってるかもしれない」

うん、きっとあてがあるだろうと思う。木部の調子につられてか、こちらまですこしずつ良い気になっている。家族。仕事。このところのじぶんの心を重たくさせているあらゆることから、川を進む船のようにして、逃れられるような気がしていた。

「そうだ、元気か、あの綺麗なお母さん」

「あら、お綺麗なの？」

原が興味深げに加わってくる。

「そりゃあ綺麗。若い頃、ミス隅田川って言われたそうだぞ」

へえ、とこぼしながら、原がそれとなく、こちらの顔を見た。

「こいつ、ちっとも似てないけど」

木部が言うと、原がこらえきれずに笑いだした。

隔世遺伝かしら。原はそんなふうに軽口を言う。突然変異だよ。そう言い返すと、原はまた声を出して笑い、お猪口《ちょこ》を口元に運んだ。

「そういえば、娘は美人だよ。元気かい、舞ちゃん」

木部は娘の舞のこともよく知っていた。子どもたちが小学生だったころには、家族ぐるみで家を行き来していたこともあった。

かつて男同士でばかり遊んでいた相手と、互いに妻を伴って会う。子どもも連れて、家族サービスだと言いながら、好き勝手に酒を飲む。

そうした何もかもが新鮮に感じられた時期があった。

幼い頃の子どもたちを思い出す。引っ込み思案だった木部の息子を、舞の方がむしろ引っ張って遊んでやっていた。

お転婆とはこんな娘のことを言うんだな。そんなふうに、妻の知美ともよく笑っていた。そして舞は、よく喋《しゃべ》る子だった。その日の学校での出来事を、丸ごと両親に話し尽くさないことには眠れないというほどだった。あの頃の舞が、懐かしかった。

「ああ、生意気でな」

「生意気なぐらいがちょうどいいんだ」

よっこらしょ、と言って木部は立ち上がる。ちょっとトイレと言うので、後ろが通りやすいように、座ったまま椅子《いす》をすこしカウンターに寄せる。

「同窓会の予定は、屋形船の空き具合に合わせることにしてるんだ」

通りがけに木部が話す。

「人事異動とか機構改革で忙しい時だけど、必ず出席してくれよ、部長さん」

そう言って、木部はこちらの肩に手を置いて、力を込めた。

機構改革。場に不似合いなその言葉に、一気に現実に引き戻される。振り向くと木部は鼻歌を歌いながら、手洗いのほうへと歩いていった。

胸のうちに、苦い、暗いものが広がってくる。なんなんだ。隣に原さえいなければ、そう口に出して言いたかった。

もう少しだけ、良い気分で過ごしていたい。そう思って徳利を傾けると、残りはほとんどなかった。

もう一本もらおうか。女将《おかみ》に声をかける。はい、ただいまと、女将はいつものとおり上品な声で言う。

その時、隣の原が申し訳なさげに口を開いた。

「あの、お先に失礼していいでしょうか？」

とっさに腕時計に目を落とすと、さほど時間が遅いわけではない。

何か気に障ることでもあったのだろうかと、考えを巡らせる。

いや、そもそも上司たちとこんな場にいても、大しておもしろくなくて当たり前だ。そう思い直して、軽い調子で言う。

「もちろん。悪かったね、無理に誘って」

原は立ち上がり、椅子の背にかけていたジャケットを手に取った。座席の下のかごに入れていたかばんを取り出して、腕に抱える。そうしてそのまま出てゆくかと思うと、その場でなんだか迷うようなそぶりをしている。

どうしたの。そう声をかけようとして原の顔を見上げると、思ったよりも顔が近くにあり、戸惑った。原はこちらをまっすぐに見て口を開く。

「実は先週の金曜日の昼休み、木部さんにお茶に誘われたんです」

「へえ、あいつが」

そう切り出されただけでも、嫌な予感がした。

原は手洗いのほうを一度振り返ってから、話をつづける。

「うちの会社で希望退職を募集するという噂は本当かとおっしゃるので、私、噂は聞いてますけど、人事部の職務の上では何も聞いてませんと申しました」

そう言って原は、目を伏せた。

冷や水を浴びせられたような気持ちだった。それじゃあやはり、今日の誘い自体、そもそも——。

言いたいことがさまざま、一挙に胸のうちに湧いてくる。しかしどれも、いまそれを原に話したところで、しようがないことばかりだった。

「それでいいんだよ」

なるべく穏やかな口調で、そう口にする。

「はい」

もうひと言、何か冗談めかしたり、あるいは労《ねぎら》おうかと思ったが、言葉が出なかった。すこし間を置いて、原はお疲れ様でしたと言って頭を下げる。そのまま暖簾《のれん》をくぐり、店を出ていった。

女将が着物の袖をおさえながら、徳利を差し出してくる。それを受け取り、そのままお猪口に注いで、口をつける。木部はまだ手洗いからは戻ってこない。

シュレッダーのあの耳につく音をふいに思い出す。秘密が切り裂かれて、細い紙くずへと変わっていくあの音。

「君の手柄だね」

そう言って笑みを浮かべた、あの役員の顔が目に浮かんだ。

もう酔いは戻ってきそうになかった。それでも一杯、もう一杯と、酒をゆっくりと流しこんだ。

2

ここは新しい、ここは古い、ここも古い、ここは新しい。

大通りの近くにある路地では、昔馴染みの店や家が次々になくなって、どれも似たような建売住宅に変わっていた。

そして、その流れはもはや留まる気配もない。そのことにもう、さほど驚かなくなってきていた。

出前をよく取った寿司屋。ささやかな庭のあった幼稚園。小学校の同級生たちの家。

生まれ育った向島《むこうじま》の町からそれらの景色が姿を消してゆくことは、以前ならばさみしいような気もした。けれどいまではむしろ、うまくやったな、という思いがする。立ち並ぶ新築の家々はつまり、維持するのにも取り壊すのにも金のかかる古い家を、建て替えるなり、売り払うなりできたという、その結果だった。

じぶんもいつかは、この町にあるいい加減古い家を、そしてひとり残している母親を、どうにかしてやらなければいけない。そのことはもう長らく、頭の片隅にあった。

かつてはたばこ屋のあった角を曲がる。

向かう道の先に、腰がすっかり曲がって、手押しカートにほとんど体重を預けている年老いた女性が立っているのが目に入った。

知っている顔のような気も、そうでないような気もして、おざなりに頭を下げてすれ違う。

少し離れてから振り返ると、女性は身動きもせず、そこから一歩を踏み出す気配もなかった。ただ日向に立って、しばし息を整えているのかもしれない。しかし、そうまでしていったいどこへ向かおうというのか、想像がつかなかった。

妻の知美は、母親を看取るまでにずいぶん苦労していた。

知美が若いころからさほど関係の良くなかった新潟の義母が体調を崩したのが、五年前。以来、息をひきとるまで二年半の間、上越とはいえ往復で四時間近くかかる距離を、知美はしげく通い、面倒を見た。

できるかぎりの手助けはしたつもりだった。

金も出した。娘の舞が大学受験の塾に通い出した頃だったから、かわりに夜食の弁当を作ってやったこともあった。みんなコンビニで買って済ませてるから、もういらない。にべもなくそう言われて、ほんの数回で終わったにせよ。

「あなたはいいわよね。綺麗で、穏やかで、手のかからないお母さんで」

もうそろそろ義母が危ないという時期のある晩に、知美がそう言った。なんだよ、藪《やぶ》から棒に。そう返すと知美は黙ったきり、もう口を開かなかった。

マンションの部屋に鉢植えの数が増えていったのも、あの頃だった。ただでさえ忙しいのに、なにを次々と手のかかるものを買ってくるんだ。口には出さず、内心で思って眺めていた。

知美はあの晩、遅くまで、ひとつひとつの鉢植えを見て回り、水をやって、萎《しお》れた葉をちぎっていた。

どうせ最後は言い争いになるのだから何も言うまいと思った。こちらがただ黙って、すこしのあいだ雨風をしのぎさえすれば、嵐は勝手に過ぎ去っていくに違いない。そんな風に思っていた。

〈神崎足袋《たび》店〉と書かれた看板が、通りの先に見えてくる。

このあたりまで来れば、まだ新築の家は珍しく、三十年前とほとんど変わりのない景色が残っていた。

店の前には客が立っている。その手に店の紙袋を下げているのを見ると、ちょうど帰るところらしかった。

まさかこんな黴《かび》臭い商売が、この時代まで残るとは。実家に帰ってくるたび、いつもそう驚かされた。

同時に、ありがたいことだとも思う。

親父の残した店を、趣味のように細々とでも存続させる。そのことが老いた母親の暮らしに、きっとわずかなりとも張り合いを与えているのだろうと想像していた。

客が立ち去るのを見送って、ガラス戸の前に立った。

ああ、実家だ。ふとそんな感慨が湧いてくる。

少し気恥ずかしいような心持ちで、ガラス戸に手をかける。

「こんにちは」

母親の背中に向けて、そう声をかけた。

「はい、いらっしゃい」

母親の福江《ふくえ》は、店の奥の壁をはたきで払いながら、そう返事をよこした。

声の主が息子だとは、気がついていない。

「母さん」

今度はそうはっきりと呼ぶ。

ようやく母親がこちらを振り向いて、口を開いた。

「昭夫《あきお》じゃないの」

驚きでやや見開いた目が、ゆっくりと細まる。

そうしてその表情は、柔らかな笑みへと変わっていく。

ああ、この顔、と思う。

このあたりの町並みと同じように、幼い頃から変わることのない母親の笑顔が、そこにあった。

「どうしたの今日は？」

苦笑しながら返事をする。

「どうしたって、ご無沙汰してるから、ご機嫌伺いに来たんだよ」

「まあ、それはそれは、失礼しました。お上がりよ」

生まれてこのかた向島。老舗《しにせ》の料理屋の一人娘。寡黙な足袋職人の親父を支えた妻。

そう並べれば勝ち気とも、強情とも想像されるところだが、この母親はちがっていた。

庭先に咲いた花のそばに寄り、しげしげと眺める。そうして、指先で優しく触れもする——。

幼い頃、そうした母親の仕草を見ていて、ああ、この人は本当は、このようにして過ごしているべき人なのだと思ったことがあった。

職人の妻としての振る舞いも、得意先や近所の人々とのつき合いも、この母親は如才がなかった。

しかし、本来の母親に与えられるべき暮らしは、もっとちがうものなのだ。

まだそんな言葉を操れなかった子どもの頃に、けれどもはっきりと、そんな風に感じたことを覚えていた。

例えばこんなボロ家ではなく、もっと広い、清々《すがすが》しい庭のある、洋館風の家。そこで種の芽吹きや、花が開いたかどうかを気にかけて、穏やかに日々を暮らす。寡黙で面倒臭い夫や、やかましい息子の世話になんて、追われることなく……。

結局、母親は下町の職人の妻として、一切の不満を漏らすこともなく生きた。そうして十年前に、半世紀の間寄り添った夫を看取った。

じぶんはこの母親も見捨てることになるのだろうか。

父親と喧嘩《けんか》をして家を出た若き日には、そんな風にも思ったことを覚えている。

「ちょっと散らかっているんだけど」

母親がそう言って、居間へと向かう。

案外、元気にやっているのか。そう思いながら上がりに腰かけて、靴紐を解く。

店とはいっても古いばかりで、広さは十畳足らずのものだった。

店の真ん中にある大人の腰ほどの高さのショーケースには、御誂《おあつら》え足袋の見本が、十種類ばかり並んでいる。

その脇には、客が足袋の試し履きをするための畳《たたみ》の小上がり。小上がりの壁際には、既製品の足袋をしまっておくための桐箪笥《きりだんす》。

生前の父親はいつも、入口の脇の一角に置かれたひときわ大きなミシンに向かい、かじりつくように足袋を縫った。正面が広い波打ちガラスになっており、かつては外の通りから、父親の作業しているのが暗い影として浮かんで見えた。

思春期の頃、それが恥ずかしくてしかたがなかった。地蔵の親父。神崎という苗字と、ほとんど同じ姿勢のまま手先だけ動かす父親の姿から、そんなふうにからかわれたこともあった。

なあ、店の窓にカーテンつけろよ。父親には言いだせず、幼い日のじぶんは母親にそう文句を言った。

母親に続いて居間にあがる。あたりを見回すと、段ボールに入ったたくさんの見慣れない荷物が目についた。

箱には〈歯ブラシ〉と書いてあったり、〈お茶〉〈お水〉などと太いペンで書かれている。母親ひとりの買い置きからはかけ離れた量だった。

何か、様子が違っている。

だんだん、そんな違和感が大きなものになってくる。

何よりも気にかかるのは、母親の姿だった。

店に入った時から、どこか違和感を抱いてはいた。でもその違和感の正体が摑《つか》めなかった。

あちらこちらをはたきではたいたり、物をどかしたりする母親を目で追う。

そうしてようやく、思い当たる。

「母さん、髪染めたの」

肩にもかからないほどの長さの髪が、茶色に染まっている。外からの日差しがあたる時、それは一際《ひときわ》はっきりとした色を浮かべた。

気がついてしまえば、じぶんがなぜすぐに気づかなかったのかと驚くほどの変化だった。

もちろん、ひと昔、ふた昔前の渋谷の若者のような、あからさまな茶髪というわけではない。それでも、いや、だからこそ。なんだかいやに生々しい、色気のようなものを感じる。

「そう、染めてみたの。悪い？」

その目つき、その仕草。髪色にとどまらず、違和感は広がっていく。

よく見れば、艶《つや》めいたものを唇に塗《ぬ》っているのがわかる。

「いや、いいんだよ。おしゃれぐらいしなきゃ」

内心で思うことを繕うように、言葉を並べ立てる。

「年取って、えびの佃煮《つくだに》みたいに背中丸めて、ひとり侘《わび》しく暮らしてちゃ、ダメだよ」

心のどこかでは、母親はもう、そうした年寄りに近づきつつあるものと思っていた。

じぶんは今日、そんな母親を慰めにやってきたつもりだった。

「体の調子はどう?」

平静の声に聞こえるように努めて、そう尋ねる。

「何とかやってるよ」

壁の高いところまで軽々と払う母親の姿を、それとなく目で追う。

そうするうちに、少しずつ動揺は収まっていった。

先ほど路地で見かけた、年老いた女性の姿がまだ頭に残っていた。

あの老人と比べれば母親は、よほど溌剌《はつらつ》としている。

たとえ息子であるじぶんには不気味に思えても、本人が気分良く過ごせるならば、おしゃれでもなんでもすればいい。結構なことじゃないか。

そうじぶんに言い聞かせた。

「あんたの家族は元気?」

今度は、母親の方から尋ねてくる。

ほんの一瞬、すべてを話してしまおうかという考えがよぎった。けれどそのすぐあとにはもう、いつもの軽い調子で、そう返事をしていた。

「舞ちゃんはもう大学生ね」

「サボってばっかりだよ」

「知美さんはどう？」

「忙しく働いてるよ、友だちの会社で」

深く問い詰められることのないように、ぶっきらぼうに返答を重ねた。

「この間、テレビのワイドショーに出たんだってね」

舞が連絡でもしたのかと思いながら、ああ、とだけ小さく返す。

三年近く前、義母の介護を終えて元気をなくしてると思っていたら、知美は長年の友人の誘いに乗り、働きはじめた。

独居老人の家の片付けを手伝う。そんなことが商売になるのだろうかと思いつつ、気分転換にはいいかと思い、好きにさせていた。

それがこの一、二年で目まぐるしく成長し、誘った友だちは、起業家で三児の母という謳い文句で、テレビに雑誌に引っ張りだこになっていた。

「元気元気」

果ては知美までもが片付けのプロフェッショナルと呼ばれて、いまでは休む間もないほどに活動している。

「一度、家に来て片付けてくれないかな。ほら、荷物を包んだ紙や紐が引き出しいっぱいになっちゃってるでしょ。捨てられないんだよ、私たちの世代は」

座卓に出しっぱなしになっていた紙切れか何かを棚にしまいながら、母親は言った。

知美の母親の葬儀の翌日、外せない仕事があり、先に東京に戻った。帰りの新幹線に乗っている間、火葬場で炉前に立っていた知美の後ろ姿が、頭を離れなかった。

ただでさえ細い肩が、黒い喪服で尚更細く見えた。震えているように見えたのでそばに寄ってみると、知美は毅然《きぜん》とした顔をして、涙ひとつ流さずまっすぐに炉の扉を見つめていた。

夫として、支えてやらなくてはいけない。あの時、じぶんはそう思ったはずだった。

「知美は上手いよ、捨てるのが。そのうち俺も捨てられるんじゃないか、〝断捨離〟で」

「バカなこと言って」

話を変えようと思い、そもそもの用を切り出す。

「どう今夜、鰻《うなぎ》食わない？」

台所にいる母親に向かって身を乗り出して、そう声をかけた。

家族の祝いごとがあれば、鰻。法事で出かけた帰りにも、鰻。

ほとんど外食をしようとしなかった両親だが、鰻とあらば喜んで出かけた。

あの母親のことだ、きっと日々倹《つま》しい食事をしているに違いない。

そう考えて、真っ先に思い浮かんだのが鰻だった。

「相談があるんだ。大学の同窓会を屋形船でやろうかってことになってね」

それに鰻を食いたいのは、じぶんも同じだった。

ここしばらく、好きなものを、好きな時間にあれこれ注文して食べてはいる。しかし、一人きりで鰻を食べようという気には、さすがにならなかった。

家族と久々に、平和に、ゆっくりとうまい飯を食べたかった。

テレビに出て、忙しく働くようになった妻。それに、大学に入ったのに授業には出ず、へその出た派手な格好をするようになった娘。

思うようにならない二人の女たちを脇に置けば、この母親は、じぶんにとってただ一人の家族だった。

年季の入った座卓を拭《ふ》いていた母親が手を止めて、こちらに向き直る。

「残念だけど、今夜はだめ」

「どうして」

思いがけない返事だった。母親は、目線を落として言う。

「仕事があるの」

「仕事？　何の」

よほど急ぎの注文でもなければ、足袋屋に夜の残業などない。いまとなってはそんな注文がこの店に入るべくもなかった。

その時、店の方から母親の名前を呼ぶ声がした。

「福江さん、こんにちは」

お邪魔します、というまた別の女性の声が賑やかに重なる。荷物を置いたり、小上がりに腰を下ろしているような音も聞こえてくる。

足袋のお客とは明らかにちがう。母親の顔を見る。

「ひなげしの会のメンバー。ホームレス支援のボランティア活動でね。この家が本部、私が事務局長。これからここで会議があるの」

本部？ 事務局長？ 会議？

母親の口からは聞いたこともないような言葉が立て続けに出てきて、呆気《あっけ》にとられる。

そのうちに、障子の端からこちらを覗《のぞ》いてくる顔があった。あら、お客さん？ そう言って引っ込もうとする女性に、どうぞ、と母親が声をかける。

頬が赤らんだ肌の白い、縁起の良さそうな顔がそこに現れた。

「やだ、昭夫ちゃんじゃないの」

女性はじぶんのことを知っているようだった。なんだか懐かしい顔のような気もする。

「ほら、百恵《ももえ》ちゃんよ。煎餅《せんべい》屋さんの」

母親に言われて、ようやく合点がいった。

そうと言われれば、この顔。変わらずふくよかなこの姿。幼い頃の彼女が、そのまま等倍して大人になったようだった。

「ねえ、琴子《ことこ》さん。私たち仲良しだったのよ。お手々つないで小学校通ってたの、この人と」

百恵の後に、今度は本当に知らない顔がつづく。遠慮がちに頭を下げている女性に、百恵がそう説明をする。

「こちら、琴子さんといってね。ご主人はスウェーデン人」

母親がそう言って彼女を座卓につかせた。

「売れないミュージシャンよ。初めまして。福江さんに聞いてます。大きな会社の部長さんなんでしょう」

同窓生の出世頭よ。そう百恵が請け負う。

さらには作業着姿の者や、警察官まで続いて居間に上がってきた。百恵がみなに呼びかけるように話す。

「ねえ、久しぶりに福江さんの息子が帰って来たんだから、会議は早く片付けよう」

これはおちおち座っていられないと思い、立ち上がる。母親が言う。

「昭夫、あんた邪魔だから二階で一休みしてる？」

琴子という女性が慌てたように口を開く。

「悪いわよ、邪魔だなんて。偉い人に向かって」

「俺、その辺ブラっとしてコーヒーでも飲んでくるよ」

そうしてくれる？　と母親が応じた。

みなさん、どうぞごゆっくり。そう言って、土産《みやげ》に買ってきた洋菓子の袋を母親に手渡す。

「ごめんね、昭夫ちゃん」

百恵の言葉を背中で受けながら、居間を後にする。

ついさっき脱いだばかりの革靴に足を通していると、またしても、店のガラス戸の開く音がした。

「こんにちは」

細い革紐をきゅっと結んでから、顔を上げる。

そこには、ジャケット姿の白髪混じりの男が立っていた。

口の周りや顎《あご》には髭《ひげ》をたくわえている。その髭にもまた、白いものが混じっている。

年齢は、会社の役員たちと同じぐらいか。この男も先ほど母親が話していた、ボランティアの一人なのだろうか。

こちらが声をかけずにいると、向こうもただそこに立って、笑みを浮かべたままでいる。

何なんだ？　と不思議に思う。

「先生、息子の昭夫です。突然現れたのよ、アポもなしに」

母親がやって来てそう紹介した。アポ？　母親がまた不似合いな言葉を口にする。

「おお、あなたのご自慢の」

そう感心したように言って、男はこちらを見た。それから母親の方に視線をやって、また微笑《ほほえ》む。母親も同じようにして笑みなんか返している。

「昭夫、この方、向島教会の牧師さんで、荻生《おぎゅう》先生。私たちの会がとってもお世話になっているの」

母親が説明する。

牧師と言われれば、確かにそのようにも見えた。

あまりに毒気がなく、だからこそどこか引っかかるこの笑顔にも、納得がいく。

「とんでもありません。私はメンバーの一員で、福江さんのお手伝いをしているだけです」

そう話す口ぶりは柔らかだが、低い声でゆったりとしたその話し方には、威厳も感じられる。

ポケットに入れていた名刺入れを取り出す。

「母がご迷惑をおかけしてます」

そう言って手渡すと、荻生は目を細めて、名刺に視線を落とす。

「おお、これは有名な会社だ」

荻生はそう言って、こちらの目をまっすぐに見た。

彼の目は不思議だった。底の知れない瞳をしていた。

その目に見つめられていると、どこか深い場所へと引き込まれそうな、落ち着かない気持ちになった。

「人事部長さんですか、大変なお仕事ですね」

「教会の牧師さんとは縁もゆかりもない仕事ですが」

「いえいえ、教会の門はすべての人に開かれております」

荻生は真剣なのか、冗談めかしているのかわからない曖昧《あいまい》な表情で、そう返す。

さあどうぞ。母親が促すのに従って、荻生は靴を脱いだ。

百恵がいつの間にかこちらに顔を出していて、荻生に声をかける。

「お忙しいところすみません」

「いえ、教会はそれほど忙しくありません、残念ながら」

そう冗談を言う荻生を、居間にいる人々が賑やかに迎えた。奥でまた誰かがなにかを言い、さらに笑い声が起きるのが聞こえる。

暖簾の向こう側のそんな様子をひと時の間、店に立って眺めた。

それから、壁にかかっている親父の写真を見る。

ガラス窓からの日差しは写真を収める額までは届かず、ただでさえ暗い白黒の写真はなおさら翳《かげ》って見えた。

父親は作務衣《さむえ》を着て、真剣な顔つきをしている。古風な物裁ち刀を手に、白い生地に向かっている。

この写真の通り、ほとんど働きずくめの男だった。よほどの事情がない限りは休もうだなんて思いつきもせずに、それこそ地蔵のように、この店の作業場にばかりいた。

奥で賑やかにしている輪に加わることができず、仲間外れになった偏屈な男。

父親の写真がなんだか、そんな風に映った。

「昭夫」

店の暖簾をくぐり、外へ出ようとすると、母親が声をかけてきた。

「何?」

「少し痩《や》せたんじゃない」

そうかな、と呟きながら、ベルトに手をかけて、腹回りを確かめてみる。頭を掻《か》いてみたり、あるいはシャツのボタンに触れてみたり、そうして意味もなく手を遊ばせるのは、余裕のない時や決まりの悪い時の、幼い頃からの癖だった。

「会社の方は上手くいってるの？」

母親はまっすぐにこちらの目を見て、そう尋ねてくる。

ああ、ぼちぼちだよ。

普段ならばそんなふうに言って、済ませるところだった。

けれど今日はなぜだか、頭に浮かぶ言葉がそのまま口をついて出た。

「管理職なんて、つまんない苦労ばっかりでさ。時々、嫌になることもあるんだ」

先ほど母親が、会議だとか、アポだとか言っていたせいかもしれない。

帰ればいつでも歓待を受けられると思っていた居場所から、じぶんはいま、あっさりと追い出されている。

そう考えると、ともかく何かを示したいような思いが湧いてきて、言葉をとどめることができなかった。

「母さんに話しても分からないだろうけど」

こんなつまらない愚痴《ぐち》をこぼしにきたわけじゃないのにと、言ったそばから思う。

「行ってきます」

そう言って、ガラス戸を閉めた。

母親は目線を落としたまま、何も言わなかった。

居間の賑やかな声が外にまで、わずかに漏れて聞こえていた。

マンションの共同玄関で一度鍵をかざし、エレベーターに乗る手前でもう一度かざす。

十六階まで上がったら、二十四時間絶えず電灯の点《とも》る廊下を抜けていく。

そうして突き当たりまで行くと、ようやくじぶんの部屋へたどり着く。

鍵を回し開ける。部屋は真っ暗で、静まり返っている。

こうまでして大げさに、厳重に閉ざしている部屋に帰ったところで、誰が待っているというわけでもなかった。

豊洲《とよす》にできたこの高層マンションを不動産営業の男はいつか、現代の勝ち組の、幸せの象徴なのだと胸を張って言っていた。

内覧した時の知美や舞のはしゃぎようを思い出す。

いや、じぶんだって、こんな見晴らしのいいベランダがあれば、毎日だって時間を過ごしたいと思った。だからこそ長いローンを組んだのだ。

不動産営業の男が言った通り、マンションは清潔で、快適だった。

いつ何時でも綺麗な共用部。曜日にかかわらず物を捨てられるゴミステーション。じぶんの通勤にも、舞の通学にも便利な立地。

しかし、いざ住んでみると、憧れた広いベランダは、たいがい強風が吹いていた。洗濯物を干すにも厳重に留める必要があり、今ではほとんど物置のような扱いだった。

相談はまた、今度にする。

母親たちが会議をするのだという実家を辞して、隅田川沿いをしばらくの間歩いたあと、結局は母親にそうとだけ伝えて、マンションに帰ることにした。遠巻きに眺める屋形船からは、気持ちよさそうなカラオケの歌声が川岸にまで届いていた。

一人で鰻を食っても仕方がないから、映画を一本観て帰った。よく確かめもせずに選んだ映画が、二時間半もある大作だった。

映画館を出るとすでに日が暮れかけていて、家に着く頃には、すっかり夜になっていた。

腹が減っていた。

冷蔵庫に野菜や肉が余っているとわかっていたが、料理をする気が起きなかったので、デリバリーを注文していた。注文はスマートフォンのアプリを使って、最寄《もより》駅からマンションまで歩く間のほんの一分で済んだ。

経費精算システムに、社内連絡ツール。そして、こうした配達のアプリ。

どれもはじめは、操作が上手くいかずに腹が立つ。

しかし、苦行と思い何度も繰り返すうちに、難なく使える時がある日、訪れる。

そうした技術の奔流に、じぶんはまだなんとかついていけている――。

しかし、そう思っていた矢先だった。リビングの電気をつけて、ため息が漏れた。

床に置いていた小ぶりな植木鉢が倒れていた。

その脇で、掃除ロボットがまた別の植木鉢の受け皿に引っかかって、動きを止めている。

「植木鉢ひっくり返しやがって。お前は掃除するのが仕事だろ」

そう言いながら、掃除ロボットの位置を正してやる。

「何の役にも立ちやしねえな」

その掃除機は、知美が仕事の関係でもらってきた商品だった。当の知美は、結局はロボットの届かないところをじぶんの手で掃くのだからと言って、試しもしなかった。

半年前、箱のままクローゼットに放り置かれていたのを見つけて、使うようになった。

なかなかいいもんじゃないか。ついさっきまではそう思っていた。

その時、インターホンのチャイムが鳴った。

普段ならばアプリの示す時間よりも遅れることがほとんどだったが、今晩は早い。

「デリフーズです。ご注文の品をお届けに参りました」

画面越しに、以前も見たことのあるような、若い男の顔が映っていた。

「早かったな、どうぞ」

ボタンを押して共同玄関の自動ドアを開く。ありがとうございますと、画面の向こうの彼は言い、頭を下げる。

戸建ての家や、共同玄関のないアパートならば、扉の前に商品を置くだけで配達が済むらしい。こうしたセキュリティのややこしいマンションは運ぶ彼らにとっても、面倒なはずだった。

「お待たせしました」

もう一度インターホンが鳴り、玄関に出てドアを開けてやると、先ほど画面越しに見た顔がそこにあった。

全然待っていない、むしろ早いんだと思いながら、商品を受け取る。

「君は学生か？」

「はい、大学四年です」

次の配達に早く向かいたいことはわかっている。それでも、何か少し話していたい気分だった。

「就活セミナーなんか行ってるのか」

「行きたいとは思うんですけど、卒論はあるし、バイトはしないといけないし」

そう苦労を漏らしながらも、彼は客前にふさわしい、穏やかな笑みを浮かべたままでいる。

「大変だな、頑張れよ」

そう労うと、はい、ありがとうございますと彼は言って、また頭を下げた。

大きな黒い箱型のカバンを背に、彼は出ていく。

玄関の扉は彼が去った後も名残惜しげに、ゆっくりと時間をかけて閉まった。

なにかが、どこかが、ちがっている。彼の態度を見ていて、ふとそんな風に思った。つまり、じぶんの勤めている会社の面接に来る学生たちと、配達員の彼との間には、何かの違いがあると感じた。

風貌の問題ではない。表情でも、受け答えでもない。むしろ個人的には、好感を覚える学生だった。それでも、何かが決定的にちがう。これまで人事部長という立場から、年に何百人、今となっては総勢千人以上と顔を合わせてきた経験でもって感じる、何かとしか言いようのない、匂いのようなもの。苦労するにちがいない。ひと目見ただけで、直感的にそう感じた。

受け取ったスーラータンメンは、しっかりと熱を保っていることがビニール袋越しにもわかった。

キッチンカウンターにスツールを寄せて座る。そうして、ビニール袋の口を開き、発泡スチロールの蓋《ふた》を取り、その下に被っているラップを取り外す。

酸味のある香りがキッチンいっぱいに広がった。

黄金色をしたとろみのついたスープ。

そこに鮮やかな朱色の辣油《ラーユ》が浮かび、マーブル模様を描いている。熱が通りふわふわになって漂う卵。たけのこにきくらげ。豚のひき肉。小袋に入っていたすりごまを、一面にまぶす。

宅配をよく頼むようになって、このスーラータンメンの店を見つけたのは収穫だった。

この店は他にも、八宝菜やカニチャーハンも美味《うま》かった。

いつか間違えて注文したなまこの煮込みも、恐る恐る食べてみると絶品で、こんなに美味い店が手頃な値段で配達をしていることに驚いた。

卵とたけのこをいっぺんに箸《はし》で摑んで、口に運ぶ。

気持ちのいい酸っぱさがある。白ごまが香る。それから、麺を勢いよくひと口啜《すす》り、さらにもうひと口と啜る。

美味かった。そして、温かかった。

久々に実家に帰り、母親と少し話した。それから一人で川沿いを歩き、映画を観た。

ただそれだけの一日だというのに、じぶんがひどく疲れていることに、湯気をあげるスーラータンメンを前にして、ようやく気がついた。

本当ならば今頃は、母親と二人で屋形船の話をしながら、うまい鰻を食べているはずだった。

今日、実家で見た母親の顔を思い返す。

一目見た時の笑顔は、昔から何ら変わりない母親だと感じた。

しかし、よくよく見てみれば髪の色が変わり、選ぶ言葉が変わっていた。四十年以上あの人の息子でいて、文字通り見たことのない顔を母親はしていた。

自信、充実、希望――。

そのいずれとも言い表せそうなよくわからない光が、母親の瞳には浮かんでいた。

じぶんや父親と暮らしている間には目にしたことのない瞳だった。

スーラータンメンを啜りながらそんな風に考えを巡らしていると、ポケットにしまっていたスマートフォンが震えた。

飯を食べている間ぐらい、放っておこうか。

そう頭をよぎったが、結局は取り出して、画面を見た。

〈知美〉

名前を見て、電話に応じる。

ハンズフリーの設定にして、スマートフォンをそのままカウンターの上に置く。

「ねえ、あの子そっちに行ってない？」

前置きもなしに、妻の知美が言った。苛立《いらだ》った声だった。

つい先ほど、画面に出た名前を見て胸のうちに浮かんだ、豆電球ほどのほのかな期待がしぼんでいく。

「あの子って、舞か？」

「そうよ、ほかに誰がいるっていうのよ。来てないの？」

ああ、と言って、もうひと口麺を啜る。来ていないどころか、もう二週間以上、連絡を取ってすらいなかった。

「どこ行ったんだろう、もう三日も帰ってこないの」

三日。そこまで聞いて、ようやく箸を止める。

「電話出ないのか？」

「無視してるの。こんなこと初めてじゃないのよ。母親の言うことなんか聞こうとしないし、話し合おうにも会話にならないの」

近頃の舞の態度は、確かに問題だった。けれど今この電話で、ゆっくりそのことを話し合う気はなかった。

「どうして俺のところに来させないんだ」

「素直に行くようなら苦労しないわよ」

知美がそう語気を強める。

「本当に困っちゃうわ、舞には」

「まいったなあ」

連絡がつかないならばどうしようもない。もう警察に届けるような年齢ではないことも、そもそもそういう問題でもないこともわかっている。

「よくこんな時にダジャレなんか言えるわね」

知美がそう声を荒らげた。

いったい何のことを言っているんだ。そう思ったすぐ後で、ようやく合点が行く。

舞にまいった。

「ダジャレじゃないよ、バカ」

「あなたのとこじゃなければ、たぶん伊東《いとう》さんという友だちの家か、そうじゃなかったら向島のおばあちゃんの家じゃないかと思うんだけど」

向島、と思う。今日、その向島の実家に行っていた。舞の姿はなかった。もし来ていれば、母親が何か言うはずだった。

「あの子、時々おばあちゃんと電話なんかしてるから――何してるの、今？　変な音してるけど」

「何って、スーラータンメン食ってるんだよ」

そう口にした瞬間、電話が切れた。向島の家にはいなかったと伝える暇もなかった。

会話にならないのは、お前にも問題があるんだ。

もし同じ家にいればそう口論がはじまるところだが、電話はその余地もなくきっぱりと切れて、今ではただ時刻ばかりを表示している。

知美がこの部屋を出ていって、もう半年が過ぎた。それから、掃除ロボットのモーター音が響き、デリバリーのチャイムが響き、そうして麺をすする音が響いたあとは、沈黙ばかりがこの部屋を占める日々が始まった。

娘の舞の顔はこの半年、数えるほどしか見ていない。知美は元気か。舞は元気か。木部や母親はそう尋ねてきた。そんなこと、こちらが聞きたいぐらいだった。

嘘ばっかりついている。大学の友人、妻、娘、そしてお袋にまで。

箸でスープをかき混ぜて、麺の残りをさらっていると、また動きはじめた掃除ロボットが足にぶつかる。

「こっち来るなよ」

そう言って、掃除ロボットを蹴飛ばす。

本音をかまわず吐けるのはお掃除ロボットだけか。

そう自嘲しながら、細切れの縮れた麺を、名残惜しく箸で挟んだ。

3

長く一人で抱えていた友人や家族に対する秘密は、一日のうちにあっけなく知れることになった。

早くどうにかしなくてはいけないという焦りと、じぶんにはどうしようもないのだという諦めとを行き来させる長い日々が、ようやく終わった。何ひとつ問題は解決していないのに、そのことには安堵を抱きもした。

人事に関する重要な伝達は金曜日にするという慣例が、会社にはあった。前夜に担当常務の久保田との間で最後確認を終え、そうして各部署の上長から、該当する社員へと話がいく。

川上から川下へ、いつ、どのように話が流れていくものかは百も承知だった。

「あの、先ほどから木部課長がお待ちですけど」

だからオフィスに戻り、原からそう声をかけられた時にはもう、ついに来たかと驚きもなく思うばかりだった。

「お待ちどおさま、なんだい？」

努めて穏やかな声色で木部に言う。わざとらしく聞こえるのはわかっていた。それでも、こうなってしまった以上、ほかにじぶんが選ぶことのできる態度など、もう残されていなかった。

木部は有無を言わさず腕を掴んできた。そのまま無理やり、窓際まで強く引かれていく。

睨《にら》むようにしてこちらを見る瞳の白い部分に、赤い線が走っていた。そのまま右へ、左へ、定まらない視線のまま話をはじめた。

「昼飯の時、野村《のむら》部長に言われたよ。希望退職に応じて欲しいって。お前、俺がリストラの候補に挙がってたこと知ってたんだろう」

リストラだなんて、全く話がちがう。そう咄嗟《とっさ》に思う。

木部に言い渡されたはずの処遇は、世間一般で言うリストラからは、かけ離れている。何がどう異なるのか、そうしろと言われれば、人事部長としてはっきりと説明できる。

けれど、もうこの会社には籍を置かせないと、そう宣告されるという意味では、同じことだった。

「ちょっと待て。その件についてはな」

「人事部長のお前が知らないわけないよな。いつから知ってたんだ。何で一言いってくれない」

だんだん木部の声が大きくなってくる。

「俺とお前の仲だろ」

久々に居酒屋に行ったあの夜、木部は、こちらから口を割ることを期待していた。そうしようかと迷ったのも確かだった。しかし、結局は守秘義務を守った。

周囲の同僚たちが遠慮もなく、木部とじぶんのことを見ているのがわかった。

みんなは、詰め寄られているじぶんに同情してくれているのだろうか。

あるいはただ、木部に対して奇異の目を向けているのだろうか。

それとも、親しい同期にさえ温情をかけない冷たい上司だと、無言のうちに非難しているのだろうか。

「業務上の秘密事項だからな。いくら親しい友人同士でも、個別の案件について話すわけにはいかないんだ」

今度はこちらから木部に近寄り、声を抑えてそう説明する。

「分かってるだろそれくらいのこと」

そう口にした瞬間、木部が唾を飲むのがわかった。そして叫んだ。

「何だその口の聞き方は！」

フロア全体の空気が凍りつく。

「俺とお前は入社前からの友だちなんだろ」

そう言って木部はさらに詰め寄ってくる。

相手がこうまで取り乱していれば、かえってこちらが冷静にもなった。ともかく落ち着かせようと、顔を寄せて言う。

「木部、ここじゃまずい。今夜一杯やりながら、ゆっくり話そう」

しかし、木部はもはや聞く耳を持たなかった。

「お前みたいな嘘つきと酒なんか飲めるか」

そう言って、木部は胸を突き飛ばしてくる。

「俺は絶対、会社を辞めないからな」

そう吐き捨てるように言った。

木部は通路に立っている他の社員の背中を、失敬、と口にしながら押しのけて、勢い任せに進んでいく。追いかけた方がいい。そう思うのに、ただぼんやりと見ていることしか、できなかった。

木部に押された胸のあたりに手をやる。木部の突き飛ばす力は、大したものではなかった。いや、はっきり言って、か弱かった。

なんだかそのことが唐突に、悲しくなった。本当ならばあの木部には、人を突き飛ばす度胸も、腕っ節も、はなからありはしないのだ。

棒立ちになったままだったじぶんから、みなが目を逸《そ》らしていた。

荒くなった息を落ち着けながら、ゆっくりと席につく。目の前にある書類に目を落としてみても、内容はひとつも頭に入ってこなかった。

その晩、向島の実家をまた訪ねた。

木部がやってきた以降も、各部署の社員たちからの問い合わせが、十や二十では済まなかった。その場で答えられる内容については対応した。別日に面談を設けることになった社員たちとのアポイントメントで、向こう数週間の予定に隙間がなくなった。

そうしたやりとりが止むことなく続いていた十八時ごろ、私用のスマートフォンが震えた。知美からのメッセージが届いていた。

〈舞から連絡あり。向島〉

その一文だけだった。

いくらスマートフォンのメッセージでも、もう少し伝えようがないのか。そう思うと、頭に血がのぼってくる。

こちらもただその一文だけ返すことにする。

〈了解、今晩向かう〉

「すまないけど、今日はこれで失礼するよ」

部下たちにそう伝えると、みなモニターに向ける顔を動かさず、お疲れ様でした、と揃って返事をした。

空気は殺伐としていた。じぶんのみならず人事部全体が、社内の全方位から厳しい目を向けられる一日だった。

デスクの間を過ぎてゆき、同じ部署の社員たちの席が集まる島を抜ける。

その時、足が止まった。

早くエレベーターホールに向かおう。そう思うのに、足が動かなかった。部署の皆に何かを言わなくてはならない。そんな思いが湧いてきて、振り返り、人事部のメンバーを見渡した。

なあ、君たちは――。

そう頭の中に思い浮かぶ。しかし、その後に続く言葉は、一向に思いつかなかった。

そばのデスクの者が、黙って立っているじぶんを不審そうに見上げていた。その視線で我に返り、ええっと、忘れ物は、と誤魔化すように口に出して言う。部下は興味を失ったのか、またモニターへと視線を戻した。

電車を乗り継ぎ、最寄駅からの道を十分以上歩いて実家に着く。

舞も母親も留守にしているのか、明かりは消えていた。眠るにはまだ早い時間だった。

店の戸に手をかけてみる。鍵はかかっておらず、ガラス戸がガラリと音を立てて開く。

うちのマンションとは大違いだな。そう思いながら、上がりに腰を下ろす。靴を脱ぎ、真っ暗な廊下を抜けて居間に入る。やはり家には誰もいないようだった。

昼飯が遅かったので特に腹は減っていなかったが、何の気なしに冷蔵庫を開いてみる。

缶ビールが二本冷えていた。あの母親が好んで酒を飲むことがあるのだろうか。それとも来客用に置いてあるだけか。

どちらにせよ一本ぐらい構わないだろうと思い、手に取った。台所の電気をつける。食器棚からグラスを取り出して、一杯やることにする。

これから帰ってくる舞に、父親としてじぶんは、いったいなんと言ってやるべきか。

様々な考えが頭の中を渦巻いていた。

一ヵ月ほど前、大学の講義に出ていないと知美から聞いて、舞に電話した。その時、色々とこちらが質問するのにも答えず、舞が言った。

「パパにはわからないよ」

どうしてそう決めつけるんだと、なるべく穏やかにそう尋ねた。

すると、いかにも鬱陶《うっとう》しいという口ぶりで、舞は言った。

わからないよ、パパのような人には。

そのまま適当に誤魔化されて、電話は切れた。

パパのような人って、いったいどんな人だ。もう一度電話をかけて、そう問いたかった。

反面、恐ろしくもあった。娘はいったい、じぶんをどんな人間だと思っているというのか。

だが、グラスを手に持ちながら、思い直す。どのような人間にせよ、その父親の世話になってお前はこれまで育ってきた。そうして今、私立の大学にも通っているんだと、そのことを舞にわからせないといけない。

ビールを流し込みながら、だんだんとそんな思いが強くなっていった。

二本目のビールを開けて、グラスに注ぐ。ひと口、ふた口と飲む。

その時、店の方からガラス戸の開く音がした。

「あら、明かりがついてる。私ちゃんと消したのに」

母親の声が聞こえた。どこで何を話していても、この家では会話はいつも筒抜けだった。

「泥棒？」

「泥棒が明かりつけるわけないでしょう」

少し考えれば、誰がいるものかわかるだろうと苛立つ。

いや、二人はきっと、じぶんがいることをわかった上で、嫌味な猿芝居をしているのだ。次第にそんな気さえしてきた。

居間へと近づいてくる、大げさな足音が聞こえる。

「誰！　人の家に黙って上がったりして」

箒《ほうき》を手に持った舞が、そう声をあげて飛び込んできた。

迫力もなにもない幼い顔を無理やりしかめて、こちらを睨んでくる。

反対に、こちらからも睨み返してやる。

「はあ、なんだ」

娘はそう吐き棄てるように言って、店の方へと戻っていく。おばあちゃん、パパよ。暗い声でそう伝えているのが聞こえた。

なんだ。舞の口にしたその言葉が頭の中で何遍もこだました。

これまでずっと、父親として、威厳なんてものは必要ないと思ってきた。

じぶんの父親がわかりやすく職人気質で、頑固者だったことへの反動でもあった。

知美や舞がじぶんのことを笑っていたり、うるさいだの、面倒くさいだのと言われたって、一向に構わなかった。

それでも今は、舞のひと言が、聞き捨てならなかった。

家族が享受してきた豊かな生活の背後には、どれだけのじぶんの苦労があったか。

そのことがほんのわずかでもわかっていたら、父親の顔を見て、なんだだなんて、言えるだろうか。

昼間、木部との間に起きたことがまた思い出される。嘘つき。長年の友はこちらを睨みつけて、そう言った。

そうだ、あんな思いまでしてじぶんは、妻や娘との生活を守ってきたのに――。

「どうしたの、こんな時間に」

母親が聞いてくる。

この間、追い返されたことを思い出して、嫌味が口をついて出る。

「ご迷惑ですか。こんな夜更けに黙って上がり込んだりして」

「お前、酔ってるの？」

それにつづけて、舞が冷たく言う。

「来るなら来るって電話すればいいのにね」

そのひと言で、抑えていたものが溢《あふ》れた。

「お前こそ、どうして電話してこないんだ。ママからお前がここに来てるって聞くまで、どんだけ心配したかわかってるのか」

話すうちにどんどん声は荒くなる。

舞は口をつぐみ、体を固くさせて、まっすぐに立ってあちらを向いている。

返答を待つ気はなかった。

「ママと一緒にいるのが嫌なら、パパのところに来ればいいじゃないか」

眉ひとつ動かさない娘になおさら苛立つ。

「何でだ。部屋だってベッドだってそのままにしてるし、靴箱にはお前の派手な靴が半分以上入ってるんだぞ」

「邪魔だったら捨てればいいでしょ！」

ようやく返ってきた言葉がこれだった。

舞はそのまま、居間の長椅子に乱暴に腰を下ろす。

パパのような人のところに帰るのが、そんなにも嫌なのか。

頭に血が上る。もう座ってなどいられなかった。

「いつからそんなものの言い方しかできなくなったんだ！」

そう叫ぶ声がひっくり返る。母親が手を伸ばして、こちらを制しようとする。

それにも構わず、さらに強い口調で問いかける。

「何が不満なんだ。話してみろよ」

妻の知美に対してならばともかく、舞に向けてこんな風に言い立てるのは、初めてのことだった。

十八という歳は、もう理由もなく駄々をこねていられる歳ではない。何か説明ができるものならば、してみたらいい。そう挑むような気持ちだった。

舞はしばしの間、長椅子に背を伸ばして座り、ただまっすぐに視線を向けていた。

唇の震えているのが見て取れた。

泣きだすのか。

そう思った直後、舞は小さく息を飲んだ。

それまで熱のこもっていた瞳が一瞬にして、しんと冷えたのがわかった。

暗く、張り詰めた目つきだった。

「ママがね、私が大学の授業がつまらないって言ったら、こう言うのよ」

舞は淡々と言葉を連ねた。

「あんたにできることは、いい成績を取って、パパがいるぐらいのいい会社の社員になるか、そうじゃなきゃ」

そう話す娘の迫力のようなものに気圧《けお》されて、声をかけることも、近寄ることもできなかった。

「そうじゃなきゃ、そういう会社に勤めてる男を捕まえるかのどっちかよって」

舞がそこまで話したとき、彼女のそばに寄り、畳に膝《ひざ》をつけて様子を窺っていた母親が、小さく息を吐いた。

舞の顔を見る。

落として割れたガラスの器を、驚きも、嘆きももう遠く過ぎ去って、今では興味もなくただ、見下ろしている——そんな瞳を、娘がしていた。

知美がそう言ったのか。本当なのか。

そう問おうかと思うが、うまく言葉が出てこない。

しかし、まさか知美がとはその時、思えなかった。

やがて、舞が口元を歪《ゆが》めた。

冷たい瞳に次第に涙の溢れてくるのがわかった。

震えた声で、それでも舞は続けた。

「パパだってそう思ってるんでしょ。私のことはその程度だと思ってるんでしょ」

右の瞳から雫《しずく》が一滴溢れる。また一滴と浮かんでは、流れていく。

「そんなことない。俺はそんなこと思ってない」

一歩踏み出して言う。

思っているわけがないだろう。そう続けようとした時、舞が叫んだ。

「嘘よ！　嘘ばっかり」

そう言って舞は、両手に顔を埋めて、泣いた。

肩が震えている。しかし、声が漏れそうになるのを、舞は必死で抑えている。

ただヒステリックになるのでも、甘えるのでもない、静かで痛ましい涙だった。

じぶん同様、半ば固まっていた母親が、立ち上がる。舞の元に寄って肩を抱いて言う。

「親子喧嘩はそのぐらいにして、舞ちゃんはもう二階に上がんなさい」

そうして舞は階段まで母親に伴われると、そのまま駆け上がっていく。

じぶんはただ、その場に立ち尽くしていた。

先ほど舞が浮かべていた冷たい瞳が、頭にこびりついて離れなかった。

あんな目を娘にさせてしまっている。知美が。じぶんが。

そう思いながら食卓について、缶に残っていたビールをグラスに注ぐ。

そうするしかなかった。

何という日だ。頭の中で何度もそう呟いた。

最も親しいはずの友人と、ただ一人の娘を、じぶんはほとんど失いかけていた。

「舞から聞いて、びっくりしたのよ。お前、知美さんともう半年も別居してるんだって？」

母親は食卓まで寄ってきて、顔をつき合わせてくる。

「何で私に黙ってたの」

たまらず立ち上がり、居間の長椅子へ逃れる。

妻に出て行かれたことを実の母親から同情されるだなんて、まっぴらだった。

「母さんに話したってどうなるもんでもないだろ。これは俺と知美の問題なんだから」

母親はまたこちらにやってきて、膝を折り、わざわざ目線を合わせてくる。

「そりゃあ、あんたたちは男と女だもの、お互いに色々あるでしょ。でも舞ちゃんはどうなるの？」

もちろん考えたさ、と返してやりたかった。

しかしその結果が、さっきのあの舞だったのだ。

「子どもにとって両親が別れるというのは、大変な不幸だよ。とっても辛いことなんだから」

「じゃあ、どうしろってんだよ」

たまらずそう言い返す。

「知らない。あたしが言いたいのは――」

母親が膝に手を添えてくる。こうしてしつこく食い下がって、いつまでも言い聞かせようとするのは、学生時代の頃と変わらない母親の姿だった。

その同じ母親の髪が今、栗のように茶色く染まっている。

何故《なぜ》だか、そんなことが一層、我慢ならなく思えた。

「もう、やめてくれよ」

長椅子に背中から横たわる。母親から、そして頭を悩ませる何もかもから、目を背けたかった。

幼い頃には体がすっぽりと収まって、昼寝なんかするのにちょうどよかった長椅子に、今は頭から足先までが収まらない。

木でできた肘掛《ひじか》けに後頭部を載せる。硬くて、肩も浮いて、寝心地が悪い。

「何か変だと思ってたんだ。この前来た時、お前、変に暗かったし」

そう言いながら母親が遠ざかる気配がする。

「いつもおしゃべりな子なのにさ」

固く目をつむっていると、母親の手が肩を叩いた。

そうして母親は、半分に畳んだ座布団を頭の下に差し挟んできた。

そんな気遣いが、今はただ鬱陶しいとしか感じられない。

背もたれの方に寝返る。

「タクシー呼んでくれよ！　帰るから」

「明日、お休みでしょ。泊まっていきなさい」

いや、帰る。そう言い返そうとした。しかし、少し考えて、やはりやめた。

あの舞をそのまま置いて帰るわけには、流石《さすが》にいかなかった。

母親が台所で皿を洗う音が聞こえてくる。

流れる水にその手をくぐらせながら、息子のこと、孫のこと、様々考えを巡らせているのがわかる。

何もかもが腹立たしかった。そして、何もかもが恥ずかしかった。一人になりたかった。

それでももし、今、あのいくつもの鍵に隔てられた暗い箱のようなマンションの部屋に、たった一人で帰ったら。そして、音を立てて床を這《は》いまわる掃除ロボットを、見下ろしていたら――。

じぶんはきっと、どうにかなってしまう。そう思った。

なあ、君たちは。今日、会社の帰り際に同僚たちを見回して、心のうちで問おうとしたことがわかった気がする。なあ、君たちは、幸せか。

パソコンと真っ直ぐに向き合い、細かな数字や、短い記述に置き換えられた誰かの人生をあれこれする同僚たちに、じぶんはそう訊きたかったのだ。

すぐ目の前にある長椅子の背を見つめていて、そのことがようやく分かった。

4

実家で久々に眠ったからか、幼い頃の夢を見た。

そうは言っても覚えているのは限られた断片で、一体どんな夢だったのか、幸福な夢だったのか、悪夢だったのかも、よくわからない。

この家のこの部屋で、まだ若い両親とともにいた。

そうして何かを待っていた。母親に抱えられ、隣にいる父親の横顔をじっと見つめながらじぶんは、これから何かとんでもないことが起きるという期待と、ほのかな恐怖とで、心臓をばくばくさせていた。

もうすぐよ。若い母親の柔らかな声が、そう語りかけていた。

父親はいつもの通り黙っていた。その顔は険しく、じっと見ていると次第に、これから何か良くないことが起きるのではないかと、そんな思いが募っていった。

ねえ、一階に行こうよ。膨らみ出した恐怖から、そんな風に両親に駄々を捏《こ》ねようとした、まさにその時だった。

暗かった部屋が、一瞬で鮮やかな光で満ちた。皺《しわ》の刻まれた父親の岩壁のような顔が強い光で照らされ、その瞳にはさらに煌《きら》びやかな凝縮された明かりが、炊けたばかりの米粒のように灯っていた。

一体父親は、何を見つめているのだろう。そう思い、恐る恐る顔を、父親の視線の先へと向けた――。

そこで目が覚めた。

階下から聞こえる足音や話し声。それに、包丁や鍋の立てる音。

そうした朝の気配に耳を傾けていて、ようやくじぶんは夢を見ていたのだと、そしてその夢から目覚めたのだと気がついた。

夢の中のじぶんは、最後に何を見たのか、そのことをいくら思い出そうとしても、靄《もや》を掻くような手応えのない思いがするばかりだった。

部屋の様子は、家を飛び出した大学時代から変わりなかった。

幼い頃から使ってきた学習机、古い漫画や帆船の模型、ステレオなんかが置かれた棚。

雑然としてはいるが、埃《ほこり》をかぶっているわけではない。母親があのはたきを使って、いまもこの部屋の掃除をしているのだなと、寝起きの頭でぼんやりと思う。

襖《ふすま》を隔てた母親の寝室には、人の気配を感じない。母親だけでなく、舞もすでに起きているようだった。

脱ぎっぱなしにしていたシャツに袖を通し、スーツのズボンを穿《は》く。あんな問答の翌朝、舞は、母親は、一体どんな顔をしているのか。内心では気を揉みながら、平常の顔をして階段を下ってゆく。

居間に下りると、店の方から母親と舞が賑やかに話している声が聞こえる。何かの準備をしているようだった。

「親方」「十二文半」「二〇足」

一応、足袋屋の息子であるじぶんには、切れ切れに耳に届くそれらの単語だけで、二人のやりとりが理解できた。

相撲《すもう》部屋からまとまった注文があったのだろう。十二文半と言えば、三十センチにもなる。それを二十足。お得意様だ。

お相撲さんって、足まで大きいのね。舞は機嫌良さげに話している。

あら、案外小さい方もいるのよ。そんな風に母親が言う。

二人の和やかな様子にひとまず安堵しつつ、食卓につく。

じぶんの分の朝食が用意されており、上からラップがけられていた。焼いた鰺、卵焼きがふた切れ、ほうれん草に鰹節のかかったもの、かぶの漬物。それに空の茶碗と汁椀が置かれている。

コンロに置かれたままの鍋には大根の味噌汁が残っている。火にかけて温める。時刻は九時を過ぎていた。平日ならば、もうとっくに遅刻の時間だった。

味噌汁と白米をよそう。いただきます、と小さな声で言って、まずは味噌汁に箸をつける。

その時、店の方から居間を抜けて、二階へと続く階段の方へと、舞が足早に過ぎていった。

おはようと声をかける間もなく、舞が階段を上るのを横目に見る。

今日もまた舞は、へその出る服を着ていた。腹こわさないのか？　いちいちそう尋ねることも、二度か三度無視されてからは、もうよすことにしていた。

続けて居間にやってきた母親は、店で客を前にしているような快活な声で話しかけてくる。

「舞ちゃんが手伝ってくれて助かるわ。覚えもいいし。お客さんも喜んでくださるし」

「そりゃあよかったよ」

素っ気なくそう言いながら、卵焼きを口に放り込む。

知美が出ていってからは、朝食は抜くか、出勤前に駅ビルの喫茶店でサンドウィッチを食べるのがせいぜいだった。

「その卵焼きね、舞ちゃんが作ったのよ」

そう言われて驚いた。すっかり、幼い頃から食べてきた母親の味と思って食べていた。

美味しいでしょう。まんまと引っかかったという顔をして母親が聞く。

ああ、と曖昧に返事をする。

残りのひと切れを箸で持ち上げる。かたちがしっかりとして、緩いところがない。口に入れる。出汁《だし》がきいている。そして、ほんのりとした甘みがある。確かに、旨かった。

不意に店のガラス戸が開く音がして、ごめんください、というのっそりとした声がした。

居間で座卓を拭いていた母親が、はーい、と応える。その軽やかな身振りを見ていると、この人は膝や腰の痛みとは無縁なんじゃないかという気がしてくる。

やはり力士がやってきたようで、母親が機嫌良さげにやりとりをしている。

二階で舞が歩いている音が、天井を通して伝わってくる。

もう半年、こうして人の気配のある中で飯を食べてこなかった。

そして半年というのは、ただひと言で表されるよりも、ずっと長い時間だった。

独身時代ならば、たとえ恋人がいなくとも、会社の上司や友人たちからの誘いがあり、寂しい思いなどしなかった。

けれど、この半年はちがった。じぶんもそうだったように、友人たちにはみな家庭があり、早く帰るべき理由があった。

一人で帰る部屋には、一人でいる間にしか聞こえない音があった。一人でいる間にしか目に入らない、部屋の隅の陰があった。

もちろん気楽さも感じた。けれどその気楽さもまた、独身時代に感じていたものとはちがっていた。ただ身軽なわけではない。あるべき重みのなくなった、気を抜けば自分自身が飛んで消えていってしまうような、そんな軽さだった。

舞が二階から下りてくるのと、店の方で力士が帰り、また別の客が訪れる声がしたのとが、ほとんど同じだった。

舞は無言のまま、台所の方へとやってくる。

そのまま食卓にいるこちらへと迫ってくるので身構えると、舞は空になった汁椀や皿を重ねて、流しに運ぶ。手に持っていた空の茶碗や箸まで、奪い取るようにして持ってった。

卵焼きについて、何か言おうと思った。

しかし、隙のない後ろ姿を眺めてためらっているうちに、居間にやってきた客が先に、舞に声をかけた。

「おはよう。よかったね、舞ちゃん。パパに会えて」

先日、母親から「ひなげしの会」のメンバーと紹介された、琴子という女性だった。

舞は挨拶《あいさつ》もせずに、黙々と洗い物を水で流している。

「返事なし、か」

琴子がつぶやくように言って、居間の座卓につく。

同級生の百恵も続けて居間にやってきて、つんけんした舞の様子を窺いつつ、こちらに頭を下げる。

腕にはトタンでできた大きな缶を抱えていた。

「ちょうどよかった、お茶うけに美味しいものあげるよ」

「何だい？」

「割れ煎」

そのやりとりを見ていた琴子が台所にやってきて、勝手知ったるという様子で戸棚を開き、木製の小皿を取り出す。

百恵は缶から袋を取り出して、その皿に煎餅をあける。ふくよかな百恵と細い琴子。連携の良いところも含めて、まるで漫才コンビのように二人は見えた。

「お店に出せない煎餅だけどね。今夜、ホームレスの人たちにプレゼントしようと思ってね」

「本当はこっちのほうが美味しいのよ」

琴子が言う。

おお、美味そうだと言って、割れた煎餅を手に取る。

確かにそのかたちはいびつだったり、膨らんだ部分が焦げたりしている。

「うちの亭主が一生懸命焼いたのよ。朝から晩までかまどの前の小ちゃな木の椅子に座って、バタバタ団扇《うちわ》で扇ぎながら」

身ぶり手ぶりで百恵が話す姿を見ていて、ふとこうした光景が、懐かしく感じる。幼い頃にもよくこうして、近所の人たちが母親と話しにやってきていたのを思い出した。

今、目の前にいる二人と同じように、大した挨拶もなく上がり込んできては、わが物顔で戸棚を開けたり、茶を淹《い》れては飲んだりする。

そして、大きな声で近所の噂話なんかをしては、すっきりとした顔でまた帰っていく。

この間、メンバーが揃ってやってきた時には、あまりの賑やかさに面食らった。

しかし、考えてみればこうした光景に、かつてのじぶんは慣れっこだったはずだった。

この二十年じぶんは、そんな自分自身から遠ざかってきたのだ――。

百恵の話に耳を傾けながら、そのように思う。

「それに比べて昭夫ちゃんなんか、会社では偉いんだろう。大きな椅子にでーんと座って、大勢の部下を顎でこき使うんだろ。こんな風にして」

百恵は腕を組み、顎を突き出して、そうおどけてみせる。

いやいや、そう楽なものじゃないんですよ。

そんな風に返そうとした時、流しに向かっていた舞が、突然こちらを振り向いた。

そうして不機嫌をふりまきながら、無言のうちに台所を出ていく。

そのまま居間を抜けて、階段を上っていった。

「あんたのせいだよ、空気読みな」

琴子が百恵に言うと、百恵は考えもしなかったというように目を丸くして、こっちを見ていた。

向かいに座る百恵と目を合わせていられず、木皿の割れ煎に視線を落とす。

昨夜、娘が目に涙を溜《た》めながら口にしていたことを、そして妻が娘に言ったという言葉を思い出す。

大きな会社で、大きな椅子に座って、部下をこき使う父親を、今の舞が誇りに思うわけがない。いや、こんな父親が恥ずかしいとすら、娘はきっと思っているのだ。

その時、店の方から再び人の声がした。

母親がその対応をしている。またあの牧師か、それとも足袋屋の客か。そう思っているうちに、だんだん男の声に聞き馴染みのあるような気がしてくる。

「どうぞ」

「失礼します」

もしかして、とそう思っているうちにも、男がたたきで慌ただしく靴を脱ぎ、短い廊下を抜けてくる足音がしてきた。

居間に顔を出したのは、木部だった。

「みなさん、こんにちは。木部と申します」

いきなり大きな声を出して、百恵や琴子に挨拶をする。

色の落ちたジーンズの上に、生成《きな》りの長袖のシャツ。

それに、黄色と薄茶の縞《しま》のネクタイを締めている。

どうしたってこんな休みの日に、ネクタイなんか巻いているんだ。実家に唐突に木部が現れたことと同じほど、そのネクタイが異様に映った。

「よく分かったな。俺がここにいるって」

「お前のマンションに行ったら留守だったんで、知美さんに電話して聞いたんだ」

木部はその体を、長い腕を、苛立たしげに揺らしている。

「別居しているお前の女房にな」

別居、というひと言に力が込もっている。この場にいる全員に秘密を暴露してやろうという口ぶりだった。

琴子が驚いて口を押さえ、こちらに顔を向けた。

百恵もまた目を見開いている。

正直なところ、他人からどう思われようが、構わなかった。恥ともなんとも思わなかった。

しかし、木部はじぶんに恥をかかそうとして、今ここでわざわざそう口にした。そのことを思うと、頭にきた。

母親が恐る恐る声をかける。

「木部さん、どうぞお座りになって。お茶でも」

「ありがとうございます。本日は昭夫君に一身上の大事な相談があって参りました」

政治家の下手な演説めいた口調で、木部は話す。

「木部、二階で話そう」

木部の腕に手をやって、階段の方へと促す。しかし、木部はその手を振り払って、まだこの場に留まろうとする。そうして慇懃《いんぎん》な態度で、百恵たちに頭を下げる。

「みなさん、お寛ぎのところ誠に申し訳ございません。失礼します」

じぶんはまともだと、その場にいる人々に認めさせようとしている。そんな態度だった。しかし、そうした木部の言動すべてが、みなの目に異様に映った。

階段を見上げると、舞が訝《いぶか》しげにこちらを見下ろしていた。

下りてくるよう、手振りで示す。狭い階段ですれ違う時、木部が舞に声をかけた。

「やあ、舞ちゃんも来てたんだ。綺麗になったねえ。隔世遺伝だ」

そう冗談めいて言う声は、震えていた。

この木部に、どう話を運ぼうか。そう頭を巡らせつつ階段を一段ずつ上っていく。

二階のじぶんの部屋に行くと、敷いたままにしていた布団が片付いていた。舞が畳んで押入れにしまったようだった。

木部は額をぶつけんばかりにこちらに迫って来る。そうして、唾を飛ばして話し始める。

「なあ、お前の方から、野村部長にいい加減にしろって伝えてくれよ」

まずは落ち着いてくれ。そう声をかけて、ともかく椅子に座らせる。少し距離を取りたいと思い、こちらは窓際に立つ。

「伝えるって、一体何をだ」

「俺は会社を辞めたりなんかしないってことをだよ」

木部は握った拳で、古びた学習机を叩いた。

「昨日もあれから、会議室取って、野村部長を呼んで、何度もそう言ったんだ。それなのに、一向に取り合おうとしない。それどころか、引き継ぎが必要だから早めに云々《うんぬん》とか言い出すんだよ。そもそも野村部長は——」

木部はひとしきりの間、不平をまくし立てた。傲慢。酒癖が悪い。部下の契約をじぶんの手柄にばかりする。

ぶんの手柄にばかりする。あの部長がダメだから、俺がダメな部下を叱ってやらなくちゃいけない。そんなことに時間が取られてるんだから、業績が上がらなくったって、当然のことじゃないか。フェアじゃないよ。

しばしの間、木部を好きなように喋らせておいた。放っておけば際限なく、そうして話していそうだった。

なあ、木部。胸のうちでは、そう木部に語りかけるような思いでいた。

お前はきっともう、全部、わかっているはずだ。

なぜ、会社が今、希望退職者を募らなければならないのか。

なぜ、お前がそのリストに名前を連ねているのか——。

木部は学生の頃から、頭の切れるやつだった。こんなやつが、じぶんと同じ大学の、同じ学部にいるのか。大学に入った当初、そう驚いたほどだった。

その印象は、会社に入っても変わらなかった。今いる営業販売部でも、以前にいた新規事業の部署でも、同期の誰も考えつかないような目立つ企画を打ち立てた。

過去に遡《さかのぼ》れば、そうした実績がいくつも残っていた。そんな木部のような社員を知っているからこそ、じぶんはこの数年、ベテラン社員たちの処遇をどうにかしようと、様々なかたちで尽力してきた。そのことは紛れもない事実だと、胸を張れた。

社歴の長い、しかし業績の上がらない社員たちと根強く面談をして、大胆な部署異動に応じてもらった。そのことで、これまでの知見を新たなかたちで発揮できた社員が数多くいた。新たな事業部の創設につながったことだってあった。

木部にも、近い道を示したかった。常務の久保田と営業販売部長の野村のアポイントを取り、何度もかけ合った。彼らが無言のうちににじませる険悪な空気に、気づかぬふりしてまで。

そして、その結果が、これだった。

営業販売部では木部の他にも、三人に退職勧告が出た。

だがそれでもマシな方だった。管理部門に属する他部署では、それどころでは済まなかった。

「誰よりわれわれ本社の人間が身を切らなければ、示しがつかないじゃないか」

常務の久保田はこれまでの人事会議で、何度となくそう繰り返した。

退職者が出るのは、本社ばかりではない。むしろ多くの系列会社でこそ、より多くの社員たちが、より厳しい待遇の下、容赦ない人員削減の憂き目にあっている。

そのことは、確かな事実だった。

だからこそ、本社の、花形部門といえる営業販売部からも、誰かが去らなければならない。近くの友人の処遇よりも、じぶんたちのような待遇からは程遠い系列会社の、顔も知らない人々の先行きを考えなければならない。

久保田の言うことに倣《なら》って、最後にはそうじぶんに言い聞かせるほかなかった。

そうした経緯も、この決定自体がどのようにしてももう覆らないことも、木部はきっとわかっている。

わかった上で今、友人のよしみに甘えて無茶を言っているのだと感じる。

「なあ、わかってくれよ」

こちらもすがるような思いで、木部のそばに寄る。

「お前はな、今回の勧告を受けた社員たちの中でも、よっぽど恵まれているんだ」

せめてそのことはわかってもらわなければと思うと、語調は強まった。

それを聞いた木部は、顔を紅潮させて、叫んだ。

「何を偉そうに！」

木部が勢いよく立ち上がって、シャツの襟首《えりくび》を摑んでくる。

「神崎、お前が言っているのはな、つまり、この俺が、あの部長の野村や他のやつらよりもよっぽど能無しで、利用価値がなくて——そしてそのことを、お前も認めているってことなんだ」

「そんなことはない、そんな話じゃないだろう」

襟首を摑む木部の両手で首が絞まる。苦しかった。

「木部、本当はわかっているんだろう。お前や俺が、ああしたいこうしたいと、わがままを言える状況じゃないんだよ」

木部の押す力にたまらず後ずさりすると、足がソファに引っかかり、背中から倒れ込んでしまった。

「何がわがままだ！」

木部はさらに勢いを得たように、のしかかってくる。

「お前に俺の気持ちがわかってたまるか！」

大学時代、今じぶんにのしかかっているこの木部が、この部屋に泊まったことがあった。

何を話していたかなんて、今となってはもう覚えていない。しかし、若い恋愛も、就職活動のわずらわしさも、同じ会社に決まった時の喜びも、余さず分かち合ってきた仲だった。

その友人が今、お前に俺の気持ちがわかってたまるかと、そう言って顔を歪ませて、唾を飛ばしていた。

パパのような人にはわからない。舞が電話で口にしたその言葉を思い出した。

ああ、そうだ、わからないんだ。

じぶんはもう、二人に正直にそう告白するべきなのかもしれなかった。

俺にはもう、誰の気持ちもわからないんだ。知美も、母親も。それに、自分自身も。そう言って、すべてを投げ出してしまいたかった。

その時、階段を上がって来る足音が聞こえた。

部屋に飛び込んできたのは、舞だった。

「やめて、おじさん！　暴力はだめ！　ここはおばあちゃん家よ」

間に入った舞にさすがに怯《ひる》んでか、木部の押さえ込む力が弱まる。

その隙を見て、体をひねる。さらに摑みかかろうとする腕をかいくぐって、畳に転がる。

それからはもうよくわからないどたばたがつづいた。体重を預ける先を失った木部が、ソファに倒れ込んだ。舞がそれに後ずさりをした時に、その尖《とが》ったかかとが、ごつん、と音を立てて俺の額にぶつかった。

あ痛《い》た、と声をこぼす。あ、ごめん。舞が素っ気なく言う。

額を手で押さえながら立ち上がり、舞の肩を摑む。

そうして、隣室の母親の部屋の方へと逃がした。

木部はソファから起き上がれば、さらに詰め寄って来そうな様子だった。

逃げるようにして階段を下りていくと、踏板《ふみいた》の奥行きが狭くて、転んでしまいそうになる。

手すりを摑みながら、どうにか一階まで下りていった。

「逃げるのか！　話はまだ終わっていないぞ」

案の定、そう叫びながら木部が追いかけてきているのが、背後に聞こえる。

居間を見渡す。百恵と琴子が、ほとんど抱き合って怯《おび》えている。

その時、はたと母親と目が合った。

母子の性《さが》なのか、思わず駆け寄ってしまう。肩にすがりつくとこの老いた母親は、この中年の息子を咄嗟に背の後ろに追いやって、腕を広げて守るそぶりを見せた。母鳥の羽に匿われる雛《ひな》のようになった。

階段を下りてきた木部は、五十近い息子を庇《かば》う母親に向けて言う。

「お母さん、昭夫君はひどいやつです！　長年の友情を台無しにしやがった」

この期に及んで友情だなんていう言葉を持ち出してくる木部に、いい加減にしろ、と叫び返す。

「お願い、とにかく落ち着いてちょうだい」

そう言って母親が肩を押してくるのに従って、木部に背を向けて、座卓に腰を下ろした。

木部は肩を弾ませながらなおも続ける。

「神崎は、こいつは、片っ端からうちの社員に退職勧告をして回ってるんです。同僚や部下や、世話になった先輩まで」

先輩。

そう、確かに退職勧告を行った社員の中には、世話になった先輩がいた。

社会人になって最初に配属された部署で、初めて飲みに誘ってくれた先輩。

以来、二十年以上通うことになったあの居酒屋を、そして酒の飲み方を教えてくれた、あの先輩。

「俺が決めたわけじゃない」

「ウソだ！　お前がリストアップしてるんだろ」

リストアップなんか、わざわざしないんだよ。

そう言い返したかったが、それもまた人事における機密事項だった。

希望退職の話が正式に決まるよりも以前から、結果はもうほとんど決まっていた。日々の働きは業績に基づく数値と、いくつかのコメントによって、逐一まとめられている。だから希望退職の話が出た時にはもう、どこからどこまでを検討の対象とするかというその範囲を、定めるだけの話だった。

木部が恨むべき相手は、俺ではない。更に言えば、野村部長でも、久保田常務でもない。言うなればこの大会社という、仕組みそのものの問題だった。

そして実のところ、その残酷な仕組みによって、われわれ本社の正社員たちの厚遇というものは、生み出されてもいる。

尾を喰《は》む蛇のようなその矛盾について、いくら木部に説明したところで、聞く耳を持つはずがない。

「俺はな、お前のことは精一杯カバーしたつもりだぞ。再就職先にしても、退職金の上乗せにしても」

そう説明するのを、木部が遮る。

「お母さん、ぼくはクビを会社になるんですよ。……あ、いや、違う違う！　会社をクビになるんですよ！」

「そんな言い方はないだろう！」

「よく分からないけど、今からでも何とかならないの？　みんなで話し合うとか」

母親が腕を摑んで、口を挟んでくる。

てんで話にならないと思う。

話し合いで解決する問題で、じぶんが何ヵ月も悩み、苦しんできたというのか？

そんな簡単な問題で、妻に愛想を尽かされるまで疲弊して、こうして長年の友人に詰め寄られることになるというのか？

そんなわけがない。

どうしてそんなこともわからないんだと、腹立たしかった。

「会社の組織ってのはね、遊びじゃないんだ。母さんたちのしているボランティア活動と、一緒にしないでくれ」

それを聞いた琴子が、むきになって言う。

「ちょっと待ってよ。遊びっていう言い方はないでしょう。それじゃまるで私たちの活動がバカみたいじゃないの」

「失礼よ！」

百恵も間髪入れず乗っかって叫んだ。

「黙っててください！」

こんな議論に付き合っている場合じゃなかった。

「神崎！　俺は認めないからな、退職勧告なんか」

木部は性懲りもなく言う。たまらず立ち上がって返す。

「認めなきゃどうなるか、分かってるのか？」

木部が結んでいたネクタイは、今ではもうほとんど解けていた。いつの間にボタンまで飛んだのか、シャツは第二ボタンのあたりまで開いている。惨めな姿だった。

「会社に残っても、お前には何の仕事もないぞ。業務センターなんて名ばかりの部署に追いやられて、書類も回されない、会議にも打ち合わせにも、一切呼び出されない」

そう言い立てながら、この何ヵ月もの間、幾度となく思い浮かべてきたイメージが頭の中に広がる。

表向きには各部署の効率化を助けるためにと設けられた「業務センター」には、木部のような立場の社員たちが集められている。

部門として存在する以上、もちろん行うべき作業はある。しかし、そのどれもが部門を成立させるために存在する作業ばかりで、はっきりとした目標を持たない。モニターもなければ、ホワイトボードもない。旧式のパソコンばかり並んでいるその部屋に、木部が座っている。

木部のその表情。その背中。その瞳。朝九時から夕方の五時まで、きっかり同じ光景が、毎日繰り返される。

そうした部署は本当にあった。多くの社員たちが見て見ぬ振りしているそのことを、人事部長のじぶんは誰よりもよく分かっていた。

「一日窓際にぼんやり座っているだけなんだぞ。それでもいいのか」

そこまで言うと、木部は初めてひるんだ顔を浮かべて見せた。

「そ、そんな脅しに乗るか」

どうにか気を取り直したと言うように、木部は声をあげる。

「俺は絶対戦ってみせる。覚えてろ！」

木部がこちらの肩を突き飛ばして、居間から出て行く。

そして廊下に出て振り返ると、その場にいる人々に順に目を合わせて言った。

「みなさん、失礼しました」

乱暴な足取りで店の方へと向かう木部の後を一拍遅れて追いかける。

「なあ、待てよ、木部」

「お前はな、裏切り者なんだぞ」

そう言い捨てながら、木部はたたきに置かれた革靴に、乱暴に足先を押し込む。

きちんと履くよりも先に、ガラス戸に向かって歩き出した。

その時、木部の靴がおかしなことになっているのが、目に入った。

「あ、おい、木部！」

声をかけるのにも構わず、行ってしまう。

気がつくと、母親がすぐ後ろにいた。

何を口にするのでもなく、ただ足元に視線を落としていた。

「あいつ、間違えて俺の靴、片方履いていきやがった」

「ええ？」

母親が慌ててたたきに目をやって、言う。

「舞ちゃん、走って持っていってあげなさい！」

「もういいよ」

何もかも面倒臭くなってそう言った。

「持っていきなさい！」

舞は母親の言うことに素直に従い、片方の靴を手に拾う。

そのまま店を出て駆けて行った。

居間に戻ると、百恵や琴子の視線が、痛かった。

ひとまず台所の食卓についてみても落ち着いていられず、目の前に置かれた煎餅のかけらを手に取ってみる。

煎餅を齧《かじ》る。カラッと乾いていて、景気のいい音を立てる。

少し焦げた醬油《しょうゆ》の香りが鼻を抜ける。

「もちろん知ってたんだよ、あいつがリストアップされてたことは」

誰に向けてでもなく、そう話し始めていた。

「でも、人事というのはね、個人的な事情で動けるもんじゃない。むしろそういうことは良くないんだ、会社にとっては」

いくら話したって、この人たちに、この苦しみが理解できるわけがない。

そうと分かっていても、話さずにはいられなかった。

それまで押し黙ったままでいた百恵が、しかしその時、思いがけず口を開いた。

「昭夫ちゃんの辛い気持ち、よく分かるわ」

百恵の顔を見る。両の眉毛が、絵に描いたように八の字に下がっている。

「うちのちっぽけな店だって、役に立たないパートさんをクビにするとき、私が鬼になるんだから。そんな日は夜も眠れないよ、辛くて」

百恵が話す声には確かに、同情が滲んでいた。耳を傾けながらまた、煎餅を齧った。

口の中で煎餅が、ほろほろと崩れて溶けてゆく。

塩《しょ》っぱさの向こうから、米の甘みがゆっくりと広がってくる。

「慰めてくれてありがとう——美味いな、この煎餅」

素直にそう伝えることができた。

誰かが一生懸命に、分かるよ、と言ってくれる。

それだけのことが、こうもありがたいものなのかと感じる。

「たくさん食べて、いくらでもあるから」

必死に慰めようという声色で、百恵はそう言ってくれた。

また一つ割れ煎を手に取って、齧る。

「こういうものってのは、人間を慰めるためにあるんだな。腹の足しってより、心の足し」

親切にしてもらったお返しに、おべっかの一つでも言うかという程度の気持ちで話し始めた。

しかし、自分自身がつらつらと口にする言葉に、思いがけず気持ちが乗っていくのが分かった。

「煎餅ってのは、そもそもが人間を慰めるためにあるんだ。悲しい人間の人生をせめてものひと時慰めるために、あんたの旦那はこの煎餅を、一枚一枚、愛情をもって焼いてるんだ」

齧るたびに、煎餅はからっとした音を立てる。

百恵が感心したように言う。

「そんな褒めてもらって、うちの亭主に聞かせてやりたいよ、今のセリフ」

その時ふと、店から去っていく時の木部の顔がよみがえってきた。

常に飄々《ひょうひょう》として、苦を苦と見せずに生きてきたあの友が、唾を飛ばし、髪を振り乱し、情けない姿で叫んでいた。他でもないじぶんが、そうさせてしまった。

「俺もこんな仕事に就けばよかったな。こういう仕事は、裏切らないから――」

言い切るよりも前に、こみ上げてくるものがあり、食卓を立った。

そのまま廊下に出て、狭い庭に向かう縁側に立つ。

鴨居に手をかけて、反対の手でズボンのポケットを探り、取り出したハンカチを握ったまま、顔に当てる。

木部は怒ってはいても、泣いてはいなかった。本当に泣きたいのは、あいつの方なんだ。そう、じぶんを情けなく思った。

百恵と琴子が居間で話すのが聞こえてくる。

「大変ね、サラリーマンって」

「昭夫ちゃんはクビを切る側なんだ」

そうだった。これまでにだってもう、何十人というクビを切る決断に関わってきた。なんてことないことなんだ。仕方ないんだ。これまでずっと、じぶんにそう言いきかせてやってきた。

そうしてまたこれから、それ以上のクビを切る。

いっそ、じぶんの方が。胸のうちでそう思っていると、母親の言葉が耳に届く。

「反対のほうがよかったよ。切られる側のほうが」

その通りだった。

5

夕暮れの庭に出たとき、鮮やかな百日紅《さるすべり》に目を引かれた。

橙《だいだい》に染まった夕日が、枝先に咲いた薄紅の花へと、まっすぐに差している。まるで線香花火みたいに、花びらから光が散っているようにそれは見える。

じぶんが生まれた時に庭師に頼んで植えた百日紅なのだと、幼い頃、珍しく酔った父親が機嫌よく話していたことがあった。

夏が来る度、何遍ともなく目にしてきたこの花が、こんな色を見せる時があるのだとは知らなかった。

その庭で、妻の知美に電話をかけた。

家の中では母親たちが、夜回りに出る前の準備をしていた。

「木部が連絡したみたいで、悪かったな」

「すごい剣幕だったわよ、どうしちゃったのよ」

希望退職のこと、実家まで押しかけてきたこと、そのままもみ合いになったこと。簡潔に、ことのあらましを話した。

「それじゃあ、あなたが災難だったんじゃない」

知美は母親たちとは違って、すぐさまそう同情を示した。

ああ、まあ、そうだな。

妻が珍しく柔らかな態度を見せたのにもかかわらず、その時じぶんは、そんな歯切れの悪い言葉しか返せなかった。

「舞な、大学にはひとまず行ってるみたいだ」

どのように切り出したところで、舞の話題になれば、知美は穏やかではなくなる。そのことはよくわかっていた。

「そんなの、当たり前のことよ」

思っていた通り、その声にはさっそく苛立ちが滲《にじ》む。

「今夜また話してみるけれど、まあお前も忙しいだろうから、少しの間、お袋に任せておくことにしないか」

しばらくの沈黙があった。

そうしている間にも日が傾き、向かいの家に遮られて、庭は少しずつ翳っていく。

「あなたは結局いつも、そうやって人任せ、時間任せにするのよ」

やがて知美が言った。

いつもならば、言い返しもしただろう。

けれど今は、怒りが湧いてくることはなかった。

「なあ、知美」

電話口の向こうにいる妻に、そう呼びかけた。

「舞の大学が決まった日、俺たちあいつになんて言ったか、覚えてるか」

え？　唐突な問いかけに、知美はそう言って黙った。

大学が決まった日。それはつまり、第一志望の不合格が分かった日のことだった。

「何よ、いきなり」

苛立ちを隠さずに、知美が言う。それを耳にして、そうだよな、と思う。

「俺もな、よく覚えていないんだよ。あの日、あいつになんて声かけてやったか」

それじゃあ、舞の様子はまた、連絡するから。

そう言って、電話を切った。

日が暮れると、牧師、警察官、区の職員と、この間と同じ面々が一堂に会して、賑やかに支援物資の運び出しをはじめた。

店の前に停めた軽自動車に段ボールを運ぶぐらいの手伝いはした。

「今日こそはイノさんに、話してみようと思うんです」

ほとんどの準備を終えて出かける直前、店の中で母親が牧師にそう話しかけているのを聞いた。

「もう年なんだから、屋根のある家で暮らすべきなのよ。生活保護を受け取ってもらって」

「どうでしょう。彼は頑固だから」

「先生からも、よくよく言ってあげてください」

そうしたやりとりを聞いていて、母親は、この牧師をずいぶん頼っているのだなと感じる。

牧師が母親に話しかける口ぶりも、なんだかやけに親しげだった。

こいつもか。心のうちで、そう呟いた。

昔から母親の歓心を買おうとする男たちが、客にも、近所の面々にも絶えずいた。もちろん母親は、そんな男たちの態度を見て見ぬふりをして、にべもなくかわしていた。だからこそ母親は〈ミス隅田川〉だなんて言って、近所から囃《はや》し立てられてきたのだった。

この年で夜回りなんかして、母親は危ない目に遭わないのだろうか。警察官も区の職員も、見るからに頼りなかった。男手といえば、あとはこの老年の牧師だった。

「お弁当を受け取ってくれない人も、けっこういるのよ」

百恵がそばに来て、そう話しかけてきた。

「もともと大きな会社で働いていたり、社長さんだった人だっていてね。そういう人ほど、じぶんはもう、国にも、自治体にも、知らない人の世話にもなりたくないだなんて言ってさ」

大きな会社。それはたとえば、じぶんのいる会社のような？

そう考えついて、しかしすぐさま、まさか、と思う。

まさか、うちのような会社を辞めたとしても、ホームレスにまでなる人間なんか――。

ようやく詰め込みを終えると、みなが軽自動車と自転車に分かれて、隅田川の河川敷へと出発するのを、店の前で見送った。

台所へ戻る。先ほどまであれだけ騒々しかった家の中に、今では舞とじぶんだけが残されていた。

「晩めし、食べるだろ。向かいの惣菜《そうざい》屋でコロッケでも買ってくるか」

そう声をかけると、うん、と舞は口に出して返事をする。

不機嫌を隠さなかった朝とは、いくぶん様子がちがっているようだった。

冷蔵庫に残っているものを確認しながら、顔をこちらには向けず、舞が口を開いた。

「木部さん、騒いだりしてみっともなかったなって、反省してた」

靴を取り替えに追いかけた時、会話の一つもしたらしかった。

舞の声は、穏やかだった。

友人だったはずの相手からあれだけの剣幕で迫られていた父親を、娘は同情しているのかもしれなかった。

「そうか。ご苦労だったな」

そう言って、財布を片手に近所の惣菜屋に向かう。

もう百日紅が咲く季節だというのに、夜はまだ少し冷えるようだった。

昨日の昼、木部がデスクにまでやってきてからこの夜まで、物事は目まぐるしく過ぎ去っていった。

いや、過ぎ去ったというのは錯覚に過ぎなかった。

どの問題も変わらず、じぶんを取り囲んだままでいた。

「さあ、どうにかしろ」

木部が、知美が、舞が、そして母親までもが、じぶんに向けて、声を揃えてそう詰め寄ってきている。そんな心境だった。

この半年、会社で感じていたのも同じことだった。

「さあ、どうにかしろ」

役員たちは、優秀な部下たちがまとめた資料に示された数字を目の前に突きつけてきて、そう問うた。

選べる選択肢はひとつだった。いつか誰かが同じ決断をしなければならず、たまたまそうすべき席に座っていたのが、じぶんだった。

そうして結局、ただ流れに身を委ねた。

家庭でも、同じだった。

半年前、舞の受験の結果に、知美とじぶんは落胆した。

まあ、この程度だろう。娘に対してそんな風に思ったとは認めたくなかった。しかし、今ではもう、そのことを認めなくてはいけなかった。

そうして傷ついた娘を構いもせず、知美とじぶんはこの半年、ただ互いに苛立ちをぶつけていた。

だ。

「さあ、どうにかしろ」

その果てに選んだのが、別居だった。

知美とじぶんは、言い争ってでも分かり合うことをもはや諦《あきら》め、離れることを選んだ。

両親はもう、じぶんのことを諦めたのだ。

舞は内心できっと、そう感じていたはずだった。

それから、舞と二人きり、押し黙ったまま晩飯を食べた。

何か心やすく話せることがないだろうかと頭を巡らせたが、何ひとつ思い浮かばなかった。皿の上のおかずが静かに減っていくばかりだった。

「さて、パパ帰るぞ。おばあちゃんはここから会社に行けばいいと言うけど、ワイシャツも汚れてるしな」

翌日は日曜だったが、地方の関連会社との急を要するミーティングが入っていた。

コップにほんの少し残っていたビールを、一口で飲み干す。

「舞、お前、本当にいつまでいるつもりなんだ、ここに」

なるべく穏やかに、そう尋ねた。

食卓の上の空になった皿や器を、舞は重ねている。

わからないよ、パパのような人には。

舞はまたそう言うのではないかと、内心で恐れていた。

やがて、舞が口を開いた。

「私ね、うちに帰るのに、いちいちセキュリティボタン押したり、エレベーターに乗ったりするのが嫌になってきたの」

重ねた皿を流しへと運んでいく。

舞は話を続けながら、食器を洗いはじめる。その背中を見つめる。

「この家は、鍵もろくにかけないんだから。いろんな人が、こんにちは！　って勝手に入ってきて、お茶淹れたり、お煎餅食べたり。ここにいるほうが私、落ち着くの」

店の前をバイクが通り抜けてゆく音がする。

その音が遠ざかっていくと今度は、この近所にはじぶんたちの他には人っ子一人いないのではないかと思うほどの静けさで満ちる。

どんなに生意気でも、可愛い娘だった。

たとえ妻には出て行かれたとしても、娘と一緒に暮らしていたい。

それは本心だった。

昨晩は売り言葉に買い言葉になってしまったが、靴や服を置いたままにしているのだって、それがためのことだった。

しかし、今の舞が安らげるのは、この家なのだ。舞がようやく話してくれたその本心を、時間をかけて理解しようとする。

現代の幸福の象徴ですよ。かつて不動産業者にそう勧められて、あのマンションを買った。

遊びに来た舞の友だちが、羨《うらや》むような家。

この家のような冬の寒さや不便さとは、無縁の家。

職人の父親のやかましい作業音が聞こえてきたりなどしない、プライバシーの守られた家――。

妻や娘のためと思い、出世主義者と罵られながら働いて、あのマンションを買った。

娘は今、そこに帰るのが、嫌だと言っていた。

それだけじゃない、娘はきっと、あのマンションに住むことを恥ずかしいとさえ思っているのだ。

下町に暮らし、ボランティアをする祖母。

高いマンションに住み、社員を偉そうに使う父親。

そうか、娘の目にはそんな風に映っていたのかと、腑に落ちるように感じる。

その事実は、ひどく堪えるものだった。

これまでのじぶんの人生を、ほとんどまるごと否定されるような気持ちだった。

それでも、怒りが湧いてくることはなかった。舞がそう感じるようになったわけを、今ではよく分かっていた。

「でもな、おばあちゃんは年金生活者なんだぞ。食費なんかどうするつもりだ」

皿を洗う舞の背中に尋ねる。

「それぐらいのこと、分かってるよ」

ここしばらく聞かなかった、甘えの滲む声で舞は言った。

ああ、いつもの舞だと、ようやく思えた。

「アルバイトして払うって言ったらね、おばあちゃん、家の仕事手伝ってくれればいいって」

そうまで言われれば、もう何も言うことはなかった。

立ち上がって、居間の壁にハンガーで掛けておいた背広を手に取る。

袖に腕を通して、内ポケットに入っている財布を取り出す。一万円札が二枚入っていた。

それをそのまま、舞に向けて差し出す。

「学校だけはちゃんと行くんだぞ」

最初、遠慮するような目をしていた舞は、意を決したように流しからこちらへやってくる。

そうしてうつむいたまま、札に向かって手刀を切った。左、右、真ん中。

顔をうつむかせて、恭しく札を受け取る舞の顔をひと時、じっと見る。

十八年の間、共に暮らし、眺め続けてきた娘の顔がそこにあった。

やがて振り返り、店の方へと向かう。

「遅いな、おばあちゃんは。年寄りが無理するなって言っておきなさい」

舞が木部から取り返してきた靴の紐を結びながら伝える。

「無理なんかしてないよ。おばあちゃんにとってはデートみたいなもんだもん」

ふうん、デートか。

そう頭の中で思ったのに一拍遅れて、考えが追いついてくる。

「は？」

靴紐を結ぶ手が止まった。

つい先ほどまで頭のうちを占めていた舞や木部のことが、ほんの一瞬で吹き飛んだ。

「デート？　誰と」

「荻生先生という教会の牧師さん。ちょっとイケてる、いい声の」

舞はいたずらするような顔をして、眉を上げたり下げたりして言う。

「イイ感じになってると思うよ、あの二人」

「イイ感じって…」

そう口にしながら、ここ最近の母親の様子がまるで走馬灯のように頭の中を駆け巡った。

茶色に染まった髪。やたら穏やかな、柔らかい笑顔。

そう、久々にこの家を訪れたとき、確かに母親に対して、単なる外見の問題にとどまらない違和感を覚えたのだ。

嫌な予感のようなものが今、ぐるぐると渦を巻いて、一つの焦点を結ぼうとしていた。

イイ感じ？　あの日、店で鉢合わせした荻生という牧師の穏やかな笑み。それを迎える母親の声色。

「イイ感じって、お前、誰のこと言ってるんだ。おばあちゃんのことだぞ」

焦ってそう返しながらも、まだまだ思い当たることがあった。

ついさっきだってそうだった。

荻生のそばに寄り、話しかけている時の母親。

あの母親は、じぶんといる時には決して見せない顔をしていた。

ダメだ、ダメだ。そう頭の中で呪文のように繰り返す。

「イイじゃない、おばあちゃんに好きな人が出来たって」

舞はこともなげにそう言った。

イイ感じ。好きな人。

恥ずかしさに似た感情で頭が沸騰するみたいになる。

「よくない！」

矢も盾もたまらず、そう叫んでいた。

「何で？」

何で、だって？　いいか、あの人はな、俺のお袋で、そしてお前のおばあちゃんで、それで、だから――。

言葉をいくら並べようとしても、うまく意味を結びそうになかった。

「そういうことはな、よくないんだ！」

とにかくそう告げて、暗い店を抜けていく。

ついさっきまでじぶんは、これまでのことを反省していたのだ。

会社のこと。家庭のこと。静かに、謙虚に、潔く。

そうして反省していたすべてが、どうでもよくなった。

「あのな、おばあちゃんが帰ったら言っとけ！」

サンダルを引っ掛けてそこまでついてきていた舞に向けて言う。

「あ、あんたの一人息子は今、娘の家出と、離婚と、会社の人事問題で死ぬほど苦しんでます。これ以上、俺を苦しめないでくれと」

「何で苦しむの？　素敵なことじゃない」

舞が言った。

咄嗟に、「隔世遺伝」という言葉が頭に浮かぶ。

母親と孫娘だけで通じ合い、間にいるじぶんだけ蚊帳《かや》の外にされている、何かの領域があるようだった。

「素敵じゃないよ、バカ！」

そう言い放って、店を出た。

早くこの家から遠ざからないと、頭がおかしくなる。暗かろうが、惨めだろうが、あのマンションに帰らなくてはいけないと思う。

しっかりとセキュリティの整った、清潔で快適なあのマンションに戻って、まともな頭を取り戻さなくてはいけない。

頭の中で呪文のようにそう繰り返しながら、向島の細い路地を、ほとんど駆けるように歩いていった。

6

実家から逃げるようにして帰った一件から、ひと月が過ぎた。

会社では、希望退職の対象となった社員たちの手続きや、それに伴う人事異動などで、息をつく間もないような忙しさだった。

始業前に出社して、人事部長であるじぶんが決済や承認を済ませなければ進まない様々な書類の処理、それに問い合わせへの返答をする。

それから昼過ぎまでは、来客や打ち合わせの約束が集中する。

食事を取る間もなく、ようやく三時か四時になってから、ビルに入っているコンビニのおにぎりなんかで昼食を済ませることになる。

五時から九時ごろまでは、スケジュールも何もなかった。

突発的に飛び込んでくる依頼や相談ごとと格闘するうちに夜が更けていく。

たとえ仕事が残っていようとも、残業を減らすようにと部下に示すため、鞄《かばん》の中にこっそり残った仕事をしまい、帰路につくことになった。

晩飯は相変わらず、アプリを使って配達で済ませるのがほとんどだった。

以前はよく届けてくれたデリバリーの青年は、ある時からぱったりと姿を見せなくなった。代わりに、挨拶もしないような陰気な同年代の男がよくやって来た。

中華料理ばかりではと思い、サラダ専門店の丼に入った大盛りのサラダを頼むこともあった。

ドレッシングは確かに凝っている。それでも、むしゃむしゃと緑の葉っぱや何種類かのナッツなんかを食べてばかりいると、だんだん虚しい気分になる。

これは食事ではなくて餌《えさ》だ、歯車として故障なく労働を続けるための油なのだと内心で毒づきながら、それでも残すことなく食べきる。

そうしてまた、ノートパソコンに向かう。

糖質の高いビールを避け、ハイボールを缶のまま飲みながら、メールを返信している間に、日付が変わる。

「あなたは結局いつも、そうやって人任せ、時間任せにするのよ」

夜、眠りに落ちる直前などに、知美が電話口で言ったそのひと言が、頭をよぎった。

妻とも、舞とも、ろくに連絡を取らずにいた。

さまざまな問題について考えを巡らせていると、ゆうに朝まで時間が過ぎてしまいそうだった。

明日も一日中、働き通さなくてはならないのだ。

そう思い、考えを頭から追い出して、どうにかして眠りにつくのが常だった。

朝はすぐやってくる。また同じ一日が始まる。

木部は希望退職の勧告を無視して、会社に通い続けた。

その結果、彼に回って来る仕事は何もなくなってしまった。

彼とは会いたくなかった。なるべく顔を合わせないようにしていた。

気の毒だとはもちろん思う。

同時に、やはり仕方がないのだという思いが、時とともに募っていた。

木部をはじめ、勧告を受けたベテラン社員の多くは、ある時から、管理職として求められる役回りを軽視してきた者たちだった。

部下の教育、関連会社との折衝、そして、上役たちのご機嫌伺い。

そうした地味で、つまらない仕事を請け負わず、かと言って若手社員たちのように汗をかくこともなしに、気楽な立場から物ばかり言う。

他の者たちが嫌々支払っている税金を、彼らだけが免れている。

木部のような社員たちを見ていると、そんな風に感じた。

さらには、重税に喘いでいるじぶんたちのことを彼らは、出世主義者だと言って揶《や》揄《ゆ》さえする。

ずるいのは、彼らの方ではないか。

このしばらく、頭の中で何遍も、そう考えを巡らせた。そう思うことで、罪悪感を紛らわせることができた。

こうした問題に、友情というものを持ち込まれたって困る。

それが正直な気持ちだった。

「大変なことが起きました」

ある日の午前、手元の書類に集中していると、部下の原が唐突にそう声をかけてきた。

原のもともと大きな瞳がさらに見開かれていて、ただならぬ事態であることを物語っている。

「営業販売部の木部課長が社内で暴力をふるって、怪我《けが》をさせたそうです」

頭が真っ白になった。

なぜだか木部が実家にやって来た時の、あの異様なネクタイ姿が頭に浮かんだ。

「相手は？」

「よく分かりませんけど、小野寺《おのでら》本部長だとか」

本部長の小野寺は、希望退職勧告の及ぶ範囲に木部を含めた、その張本人だった。

「どこだ、場所は」

「営業販売部の第三会議室です」

じぶんこそが冷静になって、ことを納めなければならない。

そう思うのに手が震えて、台に戻した判子が倒れて、音を立てる。

席を立ち、エレベーターホールへと向かいながら、最悪の事態を考える。

もし本当に木部が小野寺本部長を殴ったとなれば、警察沙汰になる。社内での暴力がどれほど大ごとになるものかはわからない。

起訴、不起訴、懲戒、勾留、罰金刑。物騒な単語が次々と頭に浮かんでくる。

木部の家族はどうなるんだ。あの美しい妻と、浪人中の息子。

木部の妻とは、大学時代からの顔見知りだった。近所の女子大学に通う、じぶんにとっても憧れの人だった。

木部が前科者にでもなれば、あの妻は――。

エレベーターに乗るほんの短い間にも、そんなところまで考えが及んだ。

扉が開く。第三会議室まで駆けようと一歩踏み出したところで、くだんの小野寺本部長が目に入った。

小野寺は救急隊員に伴われて、斜向かいの別のエレベーターへと乗り込んでいく。

その腕には肘から手のひらまで、白い包帯が巻かれている。

二の腕までまくった白いシャツの袖に、血がついているのが目についた。

エレベーターの前で見送る社員たちに加わり、一緒に頭を下げる格好をしながら、小野寺の様子をひと時のうちに点検する。

腕の他には、顔にも、その他の部位にも、怪我は見当たらない。

「木部は？　木部はどこにいる」

扉が閉まりきった後で、そばにいる社員に尋ねる。

「第三会議室です」

頷いて、会議室に向かい廊下を駆けた。

会議室の扉は開いたままになっていた。足を踏み入れると、大勢の社員が広い会議室に残って、騒然としている。

照明は落ち、天井から下ろしたスクリーンにはスライドが投影されたままになっている。

こちらに会釈をしてきた数人の社員たちの目線で、木部のいる場所がわかった。

木部は入り口のそばの椅子に腰を下ろして、うなだれていた。

精魂を抜かれた抜け殻のような姿だった。

「どうした」

立場を忘れ、ただ友としてそう訊いた。

「きょ、今日の販売会議の議題は、俺が中心になって進めて来たプロジェクトなんだ」

そばにあった椅子を引いて座り、木部と目線を合わせる。

「それなのに俺を無視して、声もかけずに会議をやってるから、出席させろとここへ来たら」

たまらない様子で木部は立ち上がり、その時の状況を、身振り手振りで伝えようとする。

「本部長のやつ、廊下に無理やり俺を追い出そうとしやがった。それで俺がドアをバンと閉めたら」

それまで熱のこもっていた声が、そこでしぼんでいく。

「そしたら、本部長の手、挟んじゃって――」

木部の声は、叱られた小学生のように震えた。

会議室にいる誰もが木部にそれとなく視線をやっている。

そうと気がついたのか、木部はその場にいる全員に訴えかけるように、声を荒らげた。

「無理やり押し出して来たのは、本部長の方なんだよ。なんだよ、救急車なんか呼びやがって。大げさだよ」

「わかった、とりあえずわかった。話は後でゆっくり聞くから」

木部がまた椅子に座るのと入れ替わるようにして立ち上がり、そう言った。

これからじぶんがするべきことは、はっきりしていた。

噂が社内を回るよりも早く、要職の者たちに声をかけて、大したことではないのだと伝える必要があった。

会議室を出て、廊下を行く。

エレベーターホールに着くあたりで、後方から声が響いた。

「お前たち、何見てんだよ！　おい」

古くからの友のその声に応じる者は、誰一人としていなかった。

「なあ、お前とにかく、家に来いよ。ゆっくり話そう」

今日のうちにできることを済ませ、業務センターのある低層階へ向かうと、木部は青い顔をしてデスクに向かっていた。

ああ、とも、いいや、ともつかない声を木部が漏らす。

彼の向かうパソコンのモニターを見ると、何も書かれていない白紙の文書が映っていた。

文字は一つもないのに、青色をした改行のマークだけが、縦にいくつもいくつも積み重なっている。

辞表でも書こうとしたのか。それとも、ことの次第を文章で書き留めようとしたのか。

木部はあれからずっと、ただこの白紙の書類を見つめていたのかと思うと、やりきれなかった。

それから会社を出る時も、電車に乗っている間も何の反応も見せなかった木部がようやく声を漏らしたのは、マンションの部屋につき、ソファにどかっと腰を下ろしてからのことだった。

「うあ、うああ」

初めは気分でも悪いのかと思った。

おい、どうしたと言って顔を覗き込むと、木部は梅干しみたいに顔に皺を寄せて、嗚咽《おえつ》して泣き出した。

「なんだよ、情けねえな」

そう言って箱のティッシュを渡すと、木部はいっぺんに何枚も取ってまぶたに当て、そのまま鼻をかむ。

お茶でも出してやるかと思い用意をしていると、チャイムが鳴った。

いつもと同じように、最寄駅に着いた時にはもうアプリを使い、出前の注文を済ませていた。

「お待ちどおさまでした、スーラータンメン二つでよろしかったでしょうか」

その日の配達員は、しばらく顔を見ることのなかった、あの青年だった。

「やっぱり君か。就活、やってるのか」

被ったままのヘルメットが濡れている。先ほどまで小ぶりだった雨脚が強まったようだった。

「おかげさまで、内定をひとついただきました。IT関係の小さな会社ですが」

そう言って、青年は笑顔を浮かべた。

そうか、決まったか。こうして雨に打たれて働いて、大学の勉強もしながら、面接に通っていたのか。

前に会った時、彼の纏《まと》う空気のようなものから、きっと苦労するはずだと想像した。

実際、苦労もしたのだろう。しかし、それが実を結んだのだ。

名も知らない配達員のその青年の笑顔が、思いがけず嬉しかった。

「そりゃあおめでとう」

「ありがとうございます」

四年生と言っていたから、あと一年もせず、青年は働くようになる。

彼のことが眩《まぶ》しかった。じぶんも彼の歳に戻りたいと、焦がれるように思った。助言のようなものを何か伝えてやりたかった。苦難から身を守るための、いくつかの方法について。あるいは、彼の年頃のうちにしか見出すことのできない、しかし一度通り過ぎてしまえば二度と取りに帰ることのできない、輝かしいものについて。

けれども、もどかしいような思いが湧くばかりで、うまい言葉が浮かぶことはない。

「がんばって」

ただひと言、そう声をかける。

「ありがとうございます」

そう言い残して、彼は頭を下げて去っていった。

リビングに戻ると、木部はまだティッシュケースを抱えたままでいた。

こうして汚らしく泣く男にも、そしてじぶんにも、あの青年のような時期が確かにあったはずだった。

「会社は懲戒解雇と言ってるけど、幸いにして、怪我も大したことないし。まだ何とかなると思うから、家に帰っても奥さんや子どもに何も言うなよ」

そう声をかけると、木部はまた声を漏らして泣きはじめた。

「いつまでも泣いてないで。ラーメンでも食えよ」

木部はティッシュを何枚かいっぺんに取り、盛大に鼻をかむ。

「家じゃ泣けないから、ここで泣いとくんだよ」

今の今まで情けなく泣いていた割に、木部ははっきりとした、低い声で話した。

「こんな姿、女房や息子に見せられるわけないだろ」

かと思えば、キッチンカウンターのスツールに座った途端、またうめき声をあげて咳き込む。

「汚ねえな、鼻水ラーメンに入っちゃってるじゃねえかよ！」

「いいんだよ、じぶんの鼻水じゃないか」

脆《もろ》いと思えばしぶとく、しぶといと思ったら脆い。

ああ、木部はこういうやつだ、心配しすぎても損するのだと、忌々しさと、懐かしい思いが同時に、胸のうちに湧いてくる。

「なあ、黒酢ないか？　黒酢」

知美がよく作ったややこしい料理のために、戸棚に入ってるかもしれない。でも、探してやる気にはならない。

「黒酢なんかねえよ」

「あれがあると味が締まるんだけどな。しかし美味いな、このスーラータンメン」

出来上がって届いた料理の味を、わざわざ調《ととの》えようだなんて、じぶんでは考えもしない。

木部とじぶんとでは、こういうところからして、人がちがっていた。

もしかすると、だからこそじぶんたちは仲良くなったのかもしれないと思う。

「なあ、スーラーの〝ラー〟って、どういう字書くか知ってる？　〝辛〟いに、〝東〟ねる…」

「黙って食えよ！」

そう声をあげると、木部はようやく黙った。

二人で肩を並べて、ずるずると音を立ててスーラータンメンをすする。

あの配達の青年には、こんな情けない未来が待っていませんように。湯気をあげる黄金色のスープを見つめながら、そうひっそりと願った。

7

「今夜すこしだけ付き合わないか？」

金曜の夕方、デスクにやってきてそう声をかけたのは、新入社員の頃に世話になった先輩の新内《しんうち》だった。

細い目が眉毛と一緒に垂れ下がった、優しい顔立ち。前髪を上げたスタイルの髪。その髪は今では、ほとんどが真っ白に色が抜け、目尻や鼻の脇には薄い皺が浮かんでいる。

それでも、眼鏡の奥にある静かな瞳は、初めて会った時から変わりなかった。

思いがけない相手に慌てて、また判子立てを倒した。そそっかしいなと言って、先輩は笑う。

忙しいか？　改めてそう問われたのには一も二もなく、もちろんご一緒しますと返事をして、六時に会社を出る約束をした。

いつものあの料理屋だろう。勝手にそう思っていると、今夜はべつの当てがあるんだと言って、先輩は通りでタクシーを拾った。

銀座のはずれあたりの通りでタクシーを降りる。さらに一本細い道に入った先に、小洒落た店構えの台湾料理店があった。

「ここですか？」

「ああ、すこし客が若いんだけど」

コンクリートむき出しの壁や天井のあちらこちらに、鮮やかに光るネオン管で漢字を象《かたど》ったサインが飾られている。

新入社員の頃、この先輩が連れ回してくれたのは、もっと落ち着いた店だった。こういう店も来るんだな。言葉には出さず、そう意外に思う。

先輩は慣れた様子で、いくつかの料理を注文した。ビールで良かったよな？　そう聞かれて、はい、お願いします、と返す。

「来週から、もう有休消化なんだ」

台湾ビールを注いだ小さなグラスを合わせて、そうして一口飲んでから、先輩は言った。

もちろんわかっていた。けれど、こちらから切り出すことができずにいた。

「最終出社日には一応、送別会をやってくれるらしいけどな」

うまく返せる言葉がなく、そうですか、と曖昧に呟く。

ノースリーブ姿の若い女性の店員がやってきて、青菜炒めと、中身の具が異なる三種類の水餃子を置いていく。

店員同士で話すのを聞いていると、どうやらみな台湾出身の人たちのようだった。

送別会には、一応声をかけられていた。しかし、出席するつもりはなかった。

「人事部はこの会社の風土を壊そうとしている」

「薄情者の神崎のせいで、有能な社員たちが辞めなくちゃならない」

送別会ではきっと、誰かがそんな風にじぶんを悪者にすることで、先輩を慰めようとするはずだった。

そうした陰口でその晩、みんなが美味い酒を飲めるなら、それでいい。それで先輩が気持ちよく送り出されるならば、じぶんはいない方がいい。そんな風に思っていた。

「これ、美味いぞ」

そう言って差し出された水餃子に手をつける。

中身の餡《あん》に白菜の漬物のようなものが入っていて、食感がいい。スパイスの香りが鼻に抜ける。

「美味いですね」

「そうだろ」

先輩の退職について、こちらから切りださなければいけない。

次々と出てくる料理についての何のことはないやりとりを重ねながら、その思いが募っていた。

詫《わ》びるべきなのだろう。しかし、何と言えばいい？　じぶんの尽力が届かず、先輩への退職勧告を、退けることができませんでしたと？　それとも、じぶんはこの決定に何の関わりもなかったのだと、白を切るのか？

会社を辞めさせられる者と、それを実行した者。

そんな立場を忘れて、ただ世話になったことの感謝を率直に伝えることができたら、どんなにいいか。

どれも珍しい味付けで、どれも美味い餃子を食べ比べながら、しかしほとんどよく味わうこともできずに、そう頭を巡らせていた。

「実はな、台湾に住もうと思っているんだ」

先輩が出し抜けに、そう言った。

「台湾？」

「ああ、この台湾」

そう言って先輩は、近くの壁に飾られたサインを指差す。ピンク色に光る管が〈台灣〉という複雑な字を象っている。

確かに先輩は、関連会社への再就職を辞退していた。

「四年前、息子が台湾に転勤になったんだ。最初は戸惑ってたけど、いざ住んでみたら、ずいぶん気に入ったみたいで」

息子さんのことは、昔から話に聞いていた。しかしそれも、中学生だった頃で止まっている。その彼がもう社会人になって、台湾に転勤までしているのかと驚く。

「だけど去年、今度はまた東京に戻ってこいって辞令が出てな。そしたらあいつ、会社はもう辞めるって。台湾で会社を作るんだって言い出してさ」

知人と一緒に立ち上げたその会社が、軌道に乗りつつある。今では日本企業との応対ができる人員を一人か二人、必要としている。

さらには結婚を考えている相手が、台湾にいる。

「親父もこっちに来て会社を手伝ったらいいじゃないかって、息子が言うんだよ。最初は本気にはしていなかったんだけど、ちょうどその頃だったかな。近々、希望退職の話があるって、噂に聞いたのが」

だから、部長から話が降ってきた時にはすでに心を決めていたのだと、先輩は話した。

来月にはもう、日本を発つ予定でいる。この歳になってまた語学のお勉強だ。先輩はそう言って、呆《あき》れ交じりに笑った。

それから先輩はすっかり話題を変えて、同じ部署にいた頃の思い出話を、次から次へと話した。

もうとっくに定年を迎えた、怒鳴ってばかりいた上司のこと。

誰それと誰それがいい仲だったらしいという、今となっては真偽の確かめようのない噂話。

新人の頃にした大失敗。それをカバーしようとしていた先輩も、考えてみれば当時は、まだ五年目かそこらだったということ。

「神崎は、大学でロックバンドをやってただろ」

唐突に、先輩がそう尋ねてきた。

「恥ずかしいな、よく覚えてますね」

「配属してきた時の挨拶も、よく覚えてるよ。ビシッとスーツ着て、髪も短く刈り上げて、ペラペラ生真面目なこと喋ってるんだけど。目だけがまだ、なんていうかな。生意気なんだよ。俺はまだ諦めてませんって、物を言うような目」

そう言って先輩は、当時のじぶんの目つきを真似《まね》てみせた。

肌の白い先輩の頬がすっかり赤らんでいる。もう二人ともビールを終えて、台湾でよく飲まれているという焼酎のようなものを、ストレートで飲んでいた。

「今だから言うけど、あの頃、神崎が生意気だ、気に食わないっていうやつらもいたんだ」

「そりゃあ、そんな目した新入社員がやって来たら、しかたないです」

身に覚えはあった。じぶんにはただでさえ大した学歴はないのだから、しょぼくれていちゃいけない。そんな風に意気込んで、新人時代を切り抜けようとした。

「でもな、初めの挨拶の時から、俺は気に入っていたんだよ。あれは、この大企業で昇りつめてやるっていう目じゃなかったな。ここにいるエリート連中の雰囲気には、意地でも染まってやらない。そう誓うような目だった」

そう言って先輩は、遠くを見るような顔を浮かべた。まるでその視線の先に、まだ若かった頃の先輩やじぶんがいて、騒がしく酒を飲んでいるのを見ているような表情だった。

この優しい目をした先輩にじぶんは、退職勧告をしたのだ。胸の内で、今更になってそんなことを思った。

やがてまた先輩の方から口を開いた。

「家族は元気か？　神崎のとこは、女の子だったよな」

またこの質問だ、と思う。

いつもと同じように、無難な言葉だけを並べる。

「なんとかやってますよ、娘の舞は今年から大学生で」

「そうか、大学生か。一段落といったところか」

店内には、わからない言葉でうたう歌謡曲が流れていた。穏やかな曲調のバラード。九〇年代あたりの日本で聞いたポップソングを思い出すメロディだった。

先ほどと同じ店員がやって来て、お飲み物は、と尋ねてくる。二人で飲んでいたボトルはもう空になりかけていた。

「お冷やいただこうか。家族が待っているんだ、ぐだぐだ飲むのは良くない」

先輩が言うと、店員はお冷や二つと厨房に向かって元気よく言い、立ち去る。

ぐだぐだ飲むのは良くない。

それは、酒の場での先輩の昔からの口癖だった。

ひとつの店では、長く飲んでも二時間まで。たとえ次の店に行ってもほんの数杯。電車のあるうちに家に帰る。銀座で朝までというような豪勢な先輩が多い中で、この新内は飲み方がちがっていた。

仕事のやり方にしてもそうだった。バブルを丸ごと味わった上の世代の能天気さもなければ、受験に就職にの競争の中で育ってきた、同世代たちともどこかちがう。

こんな風にはなれない。

若い頃のじぶんはいつしか、そう思うようになった。憧れていたからこそ遠ざけて、ちがう道を探そうとした。

それから長い時間が過ぎた。そうして今、ここにいた。

このままでいいのか？　そう問いかける声が、頭の中で響いた。

「新内さん」

店員がグラスいっぱいに氷の詰まった水をテーブルに置く。

それに口をつける先輩に、声をかけた。

「本当は、なんとかやっているなんて、嘘です」

先輩はグラスをテーブルに置いて、まっすぐにこちらを見た。

この先輩にはもう、嘘をつきたくなかった。

「妻と別居して、もう半年になります。一緒に出ていった娘は先日、妻のところからも飛び出して、うちの母親の家に転がり込みました。娘は傷ついています。それは、じぶんと妻のせいです。家庭はめちゃくちゃだ。それだけじゃない。同期の木部とも大喧嘩しています」

おまけに母親は、よくわからない牧師に恋をしている。

そう頭に浮かんだが、口には出さなかった。

「会社を去らなければならない先輩に、よりによってこの僕がこんな風に言うのは、間違ってる。もちろんわかっています。だけど、本当を言えばもう、何をどうしたらいいのか、わからないんです」

吐き出すように言い切って、グラスの水を流し込んだ。あまりに冷たい水に、勢いよくむせた。

大丈夫か。そう言って先輩が、テーブルの脇にあったナプキンを取って渡してくれる。

最後の最後までこの先輩に、情けない姿を見せてしまっている。そう思いながら、なんとか咳き込むのを落ち着けようとする。

それからしばらくの間、先輩は押し黙ったまま、手に持ったグラスに視線を落としていた。

店員同士が変わらず、威勢のいい掛け声を交わしている。先ほどの女性の店員は、どうやら厨房にいる一人の男の店員と、ずいぶん仲が良さそうに見える。

年齢はいくつぐらいだろうか。もしかしたら舞と同じぐらいかもしれないと思う。

余計なことを言ってしまった。怒らせてしまっただろうか。そう後悔をはじめたころ、先輩は口を開いた。

「神崎が気にすると思って、俺も言わなかったことがある」

先輩は再び視線を上げて、こちらをまっすぐに見ていた。

「去年の秋頃から、女房の具合があまりよくないんだ。何年か前に手術をした病気のこともあるけれど、まあ、心の病というやつだ」

いつか、奥さんの写真を見せてくれたことがあったのを思い出す。

先輩に似て色の白い、穏やかそうな雰囲気の女性。

「後悔は俺にもある。仕事も、家庭もな。本当はあいつに謝らなくちゃいけないことも、たくさん――。女房が体調を崩してからずっと、悩んでたんだ。せめてこれから、あいつのためになにをしてやれるだろうと」

そこまで話すとまた、先輩は口を閉ざした。

やがて先輩の握るグラスの中で、氷が音を立てた。それが合図になったかのように、再び話し出す。

「息子のところに引っ越そうというのは、そうして考えて、女房ともよく話し合って、ようやく決めたことなんだ。そりゃあ心配ごともあるけれど、何よりも女房が、希望を持って新しい生活を始めようとしている。それを決断できたのは、神崎、今回の辞令があったからなんだよ」

小さく首をふった。こんなことを先輩に言わせてはいけない、言ってもらう権利なんかないと思う。

「今の神崎の状況について、俺の口からは何も言えない。けれどな、とにかく、じぶんの頭で考えるんだよ。うまいやり方を探すんじゃない。今の神崎だけができることを、神崎の頭を使って考えるんだ。そして考え抜いたら、それを伝えに行くんだよ。じぶんの言葉でな。俺たちにできることは、神崎、ただそれだけなんだ」

何を言うこともできなかった。目に涙が滲んでくる。それを隠すために、またむせたフリをする。

先輩がテーブル越しに手を伸ばして、肩に置いた。

落ち着いたら、台湾に遊びに来いよ。うまい店を見つけておくから。

そう言って伝票を手に持ち、先輩は店の入り口あたりにある、会計へと向かう。急いで荷物を持ってあとを追いかける。そうして財布を取り出そうとすると、神崎、怒るぞと先輩は言った。ご馳走になります。そう言って、深く頭を下げた。

店を出て少し歩き、地下鉄へと下る入り口の前で、先輩と別れた。

「台湾、本当に来いよ」

先輩が言い、歩き出す。

はい、必ず。そう返すと先輩は振り返って、片手をあげた。姿が見えなくなるまで、その背中に向かって頭を下げていた。先輩はもう振り返ることなく、やがて階段を上ってくる人並みに紛れて、見えなくなった。

8

「プレートをおつけすることもできますが？」

まるで遊園地の従業員のようにはつらつとした声で、ケーキ屋の店員が尋ねてきた。

「ああ、いや、いらないんだ」

財布から札を出す手を止め、ショーケースの上に書かれたプレートの案内に目を落としていたのだから、そう訊かれて当然だった。

ショートケーキを二つと、チョコレートケーキ、モンブラン、フルーツのタルトをそれぞれ一つずつ。

舞や母親が何を選ぶか予想がつかず、バラバラに買い箱に詰めてもらっていた。少し数が多いが、余ったら翌日にでも食べたらいい。

ホールのケーキを買い、プレートをつけてもらうことも考えはした。けれど、プレートに一体何と書いてもらったらいいのか。

〈ごめんなさい〉

そんなケーキを見たことがない。

〈大学入学おめでとう〉

半年も経ってそう伝えようとしたところで、遅かった。

それにケーキ屋に立ち寄ったのは、舞だけではなく、母親に対しても、木部の一件で騒がせたことを詫びようと思ったからだった。

舞がまだ物心のつく以前から、ケーキといえばこの店と決まっていた。まだあのマンションを購入するよりも前、賃貸で暮らしていた時代。当時の最寄駅のすぐそばにある、町の小さなケーキ屋だった。

十八になった娘は一体何を喜ぶのかと、考えを巡らせた。洋服も、靴も、もはやじぶんの理解の範疇《はんちゅう》を超えている。金を渡せば、ひとまず感謝はされるだろう。しかし、それこそ今の娘の目に映る、金でしか物を示せない、恥ずかしい父親の姿であるのに違いなかった。

毎年、娘の誕生日を祝っていたあの頃。毎年、飾りつけなんかして、ささやかなクリスマスパーティをしていたあの頃。ほんの数年前までは、あって当たり前の光景だった。しかし、このまま行けばもう、知美と舞と三人であのように祝う日はもう、決して訪れないのだ。

そのことを思いながら、ケーキ屋を出て、駅までの道を歩いた。

実家に帰ると、この日もまた二人とも留守にしていた。

変わらず鍵のかかっていない戸を引いて、中に入る。写真の父親に監視されているような気持ちになりながら店を抜ける。

支援物資の段ボールがあちこちに積まれていたこの間とは違って、居間はずいぶん片付いて見える。

ひとまずと思い、長椅子に腰を下ろした。

ちょっと出歩いただけなのに足腰に疲れを感じていた。

ふと、壁にかかっている額のひとつが目に入る。

額には淡い色をした押し花が飾られている。

そうした額が、見渡せば四枚も五枚も壁にかかっている。

それは、庭いじりの好きな母親が、ずいぶん前に熱中していた趣味だった。

季節が巡るたびに一枚、また一枚と増えたり、べつの花に代わったりした。

ただ押し花を並べるだけではなく、色の薄い絵画とかけ合わせたようなものもあった。

花のゾンビみたいだな。

まだ中学生だったころのじぶんは口には出さず、そんな風に感じていた。

ある晩、町内の寄り合いか何かから帰った酔った父親が、母親の前で同じことを口にしたことがあった。

「押し花ってのは花のゾンビみたいで、不気味だな」

それを聞いた母親は押し黙り、父親の上着をハンガーにかけてやっていた手を止めた。そうして二階に上がったまま、その晩はもう下りてこなかった。

怒った母親の顔は紅潮するのではなく、普段から白い肌がいっそう青白くなっていた。この長椅子に寝そべって漫画本を読んでいて、階段を上っていく母親のその顔が目に入った。何も悪いことはしていないのに、こちらまでおそろしい気持ちになった。

それは、両親にとって珍しい、はっきりとした喧嘩だった。日々の小言の言い合いとは訳が違うものに見えた。

母親が階段を上っていった後の父親の顔も、よく覚えている。

この世の終わりだと言わんばかりに、つい先ほどまで酒で赤らんでいた顔から、母に負けじと色がなくなり白くなっていた。

そんな父親を見たことがなくて、吹き出してしまった。

気がつくと、父親が目の前までやってきていた。

「何を笑っていやがるんだ、こいつめ！」

忍び声で父親はそう言って、拳骨《げんこつ》で頭を殴った。

いつも偉そうにしているくせに、ちょっとお袋が怒ったからって慌てやがって。痛む頭を手で押さえながら、そんな風に思ったことを覚えている。

母親は翌朝まで、無口を貫いた。

しかし、学校から帰ってくるとすでに機嫌を直していた。その上、仲直りのしるしだとでも言うように、晩の献立はすき焼きだった。

あの時、父親はどうやって、母親の機嫌を直したのか。そしてどんな思いであの晩を越したのか。店の写真に向かって問いかけてみたかったが、もちろんそんなことはしなかった。

手持ち無沙汰になり、二階に上がる。

住んでいた頃は大抵の時間そうしていたように、じぶんの部屋のソファに腰を落として、ぼんやりとして過ごしてみる。

送別会を終えて、先輩の新内は会社を去った。

飲みに行った晩のことを、もう何遍も思い返していた。

先輩の妻が病気を抱えていたことを、じぶんはもちろん、会社の者は誰ひとり知らなかった。

もし、人事権を持つ誰かが知っていたら、結果は変わっていたのだろうか。

考えを巡らせてみる。変わらなかっただろうと、結局はそう思う。

社員それぞれに家庭や個人の事情というものがある。それぞれの事情に応じて、会社や組合は限られたサポートはする。

だが、サポートするにしても、その先のことは業務の実績から判断するほかない。

わざわざ実家に帰ってきて、懐かしいじぶんの部屋のソファに座っているというのに、自宅や会社にいるあいだと同じことを考えてしまっていた。

飽き飽きして部屋のあちこちに視線をやると、押入れの襖が少し開いていて、中が覗けた。

上の段には布団がしまってある。下の段にある細々としたものに、目が惹かれる。

立ち上がり、襖を開く。

押入れには、もう何十年も目にしていない懐かしいものがたくさん詰まっていた。

小中学校時代に使った習字の道具入れ。

使い古したボストンバッグ。

空気の抜けたバスケットボール。

よく取っておいたなと呆れるようなものばかりだった。

そのなかに、ラジカセがあった。

サンヨー製。本体も取っ手もすべてが真っ赤の、ダブルカセットラジカセ。

中学生以来、このラジカセで朝から晩まで音楽を聴いていた。高校に入ってギターを弾くようになってからもそう、やがて大学に入り、CDプレーヤーに取って代わられるまで――。

持ち上げて、傾けたり、ひっくり返したりしながら、あちこちを眺めてみる。

インクの薄れたボタンの印字も、側面についたキズも、何もかもがかつてのままだった。

懐かしさを通り越して、何か信じられないような感覚さえした。まるで古びた写真の中からもうこの世にいない人物が飛び出して、目の前に現れたかのようだった。

このラジカセは当時、中学生だったじぶんの小遣いで買えるものではなかった。

譲ってもらったのだ。近所に住んでいて、時々一緒に遊んでくれた工場勤めをしている兄ちゃんから。それもタダで。

田舎に帰るから、これやるよ。ある時、いつものように彼の部屋に遊びに行くと、ぶっきらぼうにそう言った。

どうしたってこんな高価なものを、タダでくれるだなんて言うのか。訳が分からなかった。分からなかったけれど、ともかく歓喜した。

やがて高校生になった頃、変わらずこのラジカセで音楽を聴いている時に、まるで難解なクイズの解答が空から降ってきたように、ふと気がついた。

あの兄ちゃんは、お袋に惚れていたのだ。

一度そのように思うと、思いつきは瞬く間に確信へと変わっていった。

どれほど真剣な思いだったかは知らない。

それでも、淡い気持ちを抱えたまま田舎へ帰ることになった彼はきっと、気持ちのやりどころも分からないままにラジカセを預けたのだと、そう直感した。

彼は一体、何歳ぐらいだったのか。改めて考えてみれば、二十歳《はたち》かそこらだったのかもしれなかった。

壁にかかっている時計から乾電池をかっぱらい、ラジカセに入れてみる。

何かのカセットが入ったままになっている。ラベルを確かめもせずに、再生のボタンを押し込む。

期待はしていなかった。何しろもう二十年以上、動かしていないのだから。

しかし、カセットは動き出した。しばしの間、ジーッという機械音だけが響く。

やがて、音楽が流れた。

シンセサイザーの奏でる管楽器に似た音。それに、ドラムとベースの軽快なリズム。

何の曲だか、すぐさま分かった。「涙のキッス」。サザンオールスターズ。一九九二年。

懐かしさとともに、この曲がうたう朗らかな悲しさが、一時のうちに胸に広がった。

〈真面《まじ》でおこった時ほど素顔が愛しくて　互いにもっと解り合えてたつもり〉

失恋の歌だ。

実際に失恋した時に、何度も繰り返し聴いた。

メロディが、歌詞が、鼻歌のようにうたわれるほんの一節が、蓋のされていた古い記憶を、ちょこっとずつ揺さぶるようだった。

最後にこのラジカセで音楽を聴いたのは、一体いつのことだっただろう？

「ああ、そうか」

独り言がこぼれる。思い出した。

最後にこのラジカセを使い音楽を聴いたのは、木部が、後に妻となる咲江《さきえ》と、ついにつき合うようになったその日だった。

切ない歌詞なのに、曲調が明るい。だから、泣かずに済む。それがありがたくて、何度も何度もこの曲ばかりを繰り返し聴いたのだ。

すっかり忘れていた多くの記憶が、音楽に導かれて蘇ってくる。

しばしの間、押入れの前にじっと座り込んで、耳を傾けていた。

〈さよならは言葉にできない それは夏の運命《さだめ》〉

ラジカセの停止ボタンを押し込む。カシャという気持ちのいい音がして、音楽がきっぱりと鳴りやむ。

戯れに巻き戻しや、一時停止や、その他いくつかのボタンを押してみると、どれもしっかりと機能した。昔の機械は丈夫だと感心した。

そのままソファに寝転んで、目をつむった。

窓からの光が眩しくて、腕でまぶたを覆う。

この間、百恵たちの前で涙を流してしまってから、一人でいる時にも、不意に熱いものが込み上げてくることが増えていた。

今も、何かおかしかった。

あんまりいっぺんに昔のことをばらばらと思い出したせいだと思った。

そうして寝転んでいるうちに、眠気がやってきた。

このまま身を委ねてしまおう。そう思い、深く息を吐く。

頭の中ではまだ、〈涙のキッス〉のあのシンセサイザーの音が響いていた。

眠りに落ちる直前、先ほどまでわざと頭の片隅に追いやっていた知美の顔が、声が、頭に浮かんできて、やがて消えた。

ガラガラと戸の開く音がして、目を覚ました。

ずいぶん眠ってしまったのではないか。

頭がいくぶんかすっきりとしているのでそのように思い、机の上に置かれた時計に視線を向ける。

三時二十分。どうやらほんの二十分ほどしか経っていないようだった。

よし、と呟いて勢いよく起き上がる。

そのまま階段を下りている途中で、鼻歌が聞こえた。

「ああ、びっくりした。来てたの」

足音に気がついた母親が、振り向いて言う。

買い物をしてきたようで、膨らんだレジ袋を提げていた。

「ああ、昼寝してた」

母親は歌がうまい。

人前でうたうことなんてないから誰もそのことを知らないけれど、じぶんは幼い頃から知っていた。

顔も、性格もかけ離れているけれど、歌だけは、母親の気質を受け継ぐことができたのかもしれない。

大学に入り、バンドを組んでマイクに向かってうたっていた頃、そんな風に感じたことを思い出す。

「押入れに入ってたよ、こんな懐かしいの。電池入れたら、まだ鳴るんだよ」

座卓の上にラジカセを置いて言う。

そして、再生ボタンを押し込んだ。

「母さん、憶えてる？　この歌」

母親もまた懐かしそうに、ラジカセを眺めている。

「お前がよく聴いていた曲でしょう」

ちょうどサビの部分に差し掛かったところで、音楽に重ねてうたってみた。

〈涙のキッス　もう一度　誰よりも愛してる／最後のキッス　もう一度だけでも〉

それなりにキーの高い部分も、何とかうたうことができた。

冷蔵庫に向かう母親が微笑んでいるのが、横目でわかる。

顔を合わせるのは、この間の騒動以来だった。少しおどけでもして、和やかな空気にしたい気持ちがあった。

もう十分と思い、停止ボタンを押し込む。

「懐かしいねえ。夜中にこれ聴いてたらさ、親父がドカドカっと部屋に入ってきて、こいつを窓からボーンと放り投げたんだよ」

買ったものを冷蔵庫に移していた手を止めて、母親が振り返った。

「ほら、このキズがそん時のやつさ。あの晩だよ、大学に入ったらこんな家、絶対出てってやる。俺がそう決心したのは」

死んだ親父の思い出をこうして母親に話したことなんて、あっただろうかと思う。

頑固だったよな。そうね。ケチだったよな。そうね。

法事があればそんな風に少しぐらい言葉を交わすことはあった。けれど、その程度のことだった。

「まあでも考えてみりゃ、寒い仕事場で足袋の裏かなんか、一所懸命縫っている時にさ。二階からでっかい音でこんな歌が聞こえてくりゃ、腹も立っただろうな」

おそらくは母親も、じぶんもずっと、あの父親についてどんな風に話したらいいのか、わからなかったのだ。

何だよ、孫が成人するのも見届けずに、ポックリ逝っちまって。

それが、父親が死んだ当時に思ったことだった。

十年前のじぶんにとってあの父親は、温かな思い出を振り返ってすぐさま涙を流せるような、そんな単純な相手ではなかったのだ。

当時はまだ、若い頃の恨みが恨みのままで残っていた。何度でも食らった拳骨の痛み。それに、いつまでもみくびられていることへの憤り。

こうして平常心で父親について話すまでに十年もかかったのかと、話していて思う。

「じぶんに子供ができりゃあさ、その気持ちも、分かったりもするんだけど」

母親がゆっくりと近づいてきて、座卓に置いたラジカセのそばに腰を下ろした。

少しの間、母親はラジカセをじっと見ていた。

そうして視線をあげて、遠いものを見るような目をして、話した。

「お前が今の会社に就職できた時、お父さん、何て言ったか知ってる?」

「……何て?」

恐る恐る尋ねた。

大学受験の勉強を始めたあたりからずっと、父親はじぶんが足袋職人を継ごうとしないことを恨めしく思っているにちがいないと、そう感じてきた。

じぶんは、父親の期待通りに生きることができていない。

思えば、そう自覚するようになってから、父親との関係は立ち行かなくなったのだった。

諍《いさか》いが増え、果ては家を出ることになった。そうしてはっきりと和解する機会もないまま、父親は病がわかってからたった三ヵ月で、死んでしまった。

「あのね、お父さんね」

母親はそう呟いて、ちらりとこちらを見る。

「これであいつも安心だな。そう言って、美味しそうにお酒飲んでた」

母親はそう言って、手元に視線を落とし、穏やかな笑みを浮かべた。

台所の方を見る。

父親があそこにあるあの食卓について、背中を丸めて酒を飲んでいた姿が、はっきりと目に浮かんだ。

袖や、背中や、あちこちに毛玉のできている、えんじ色のカーディガンを着ていた父親。

貰《もら》いものの珍しいつまみには大して興味を示さず、母親の作る地味なおかずばかりつまんでいた父親。

十年前、父親が生きている間にはきっとまだ、この話をこうして伝えられたところで、素直に受け取ることはできなかった気がする。

「へえ、そんなこと言ってたんだ。あの親父が」

家族といっても、分からないことばかりだと心底思う。

娘の痛みも、妻の怒りも。それに、目の前にいる母親の気持ちもまた。

「その会社で今、辛い思いしてるんでしょ。どうしてるの、木部さん」

母親は心配そうな顔をして、そう尋ねてくる。

辛い思いと言われれば、その通りだった。

〈これであいつも安心だな〉

そう言って喜んでいたという父親の期待を、また違ったかたちで、じぶんは裏切ってしまっていた。

「あいつ、あのあとちょっと問題起こしてね。下手すりゃ懲戒解雇になりそうなんだよ」

「懲戒解雇？　つまりクビってこと？　良さそうな人なのに」

哀れみに満ちた声で、母親は言う。

「良い人かどうかってのは関係ないんだ。会社の組織ってのは」

母親はそれでも食い下がってきた。

「なんとかしてあげなきゃ。昭夫はそういうことができる立場なんでしょう」

さも簡単なことのように、母親が言う。

その簡単なことをしようとしないじぶんはつまり、良い人じゃないとでも言いたいのか。

咄嗟に、そう頭を巡らせてしまう。

母親はきっとそんな風に言いたいのではない。

そのことはよく分かっている。それなのに、気は収まらなかった。

「俺だって、精一杯やってるよ、夜も眠れないぐらいに。でもね――」

あれは暴力沙汰ではない、単なる事故だったのだと、役員たちの元を説明をして回った。厄介な人物に対しては、わざわざ酒の席に誘ってまでじっくりと話をした。怪我をした本部長には、見舞いの品まで送った。

木部自身は何一つしていないそうしたことを、代わって行った。

「会社の人事問題というのは、母さんたちがホームレスにパンや毛布を配ったりする、ああいう単純な救援活動とは、訳が違うんだよ」

そこまで口に出した時、母親が鋭い声で話を遮った。

「昭夫、ホームレスなんて簡単に言わないで」

珍しく目に力を込めて、母親が言う。

「大会社の人事問題は複雑で、高級で、住む家がない人たち、温かい食事ができない人たちの悩みは、単純だとでも思ってるの」

「そうじゃないよ」

そんな風に言われると、今度はこちらが決まりが悪かった。

「そうじゃないけど、つまり、なんて言うか」

長椅子から立ち、母親に背中を向けた。

「母さんが援助しているのは、社会での過酷な競争を降りてしまった、あるいは追い出されてしまった人たちだろ。全く違うんだよ、俺たちの世界とは」

友情、良い人、優しさ、思いやり、無償の支援。

組織というのは、そうしたすべてが全く通用しない世界なんだ。

じぶんにはもう、どうにもできないんだ。

そう思わないと、どうにかなってしまいそうだった。

「もうウンザリなんだ」

吐き捨てるように言って、階段へ向かう。

母親は慌てて立ち上がり、追いかけてきて言う。

「昭夫、明日休みなんでしょう。今夜は泊まっていきなさい。舞もいるんだし、三人でご飯食べよう」

そうだ、そう言ってもらいたくて、今日はこの家に来たのだ。

この間、騒がせてしまったことを謝って、そして、平和な食卓を囲みたいと思って――。

それなのに、どうしてこううまくいかないのか。

望まない方向へと自分自身を向かわせているものは、一体何なのか。

二階に上がり、ソファに寝そべって、そう考えを巡らせた。

今度はもう眠気に引っ張られることはなかった。

「じぶんの頭で考えるんだ」

先輩の新内の言葉をまた思い出した。

舞は夕方には帰ってきた。

店のガラス戸ががらがらと開く音。ただいま、という声。おかえり、と応じる声。

昭夫が来てるのよ、という母親の呼びかけ。ふうん、という舞の返事。

そうしたやりとりを、二階で寝転びながら聞いていた。

そろそろ下りていって、夕飯の手伝いでもしよう。

そう思うのに、もう少し階下から聞こえてくるものに、耳を傾けていたかった。

家族が集い、時間をともにするこの感覚をじぶんはもう、一生味わうことはないのではないか。

この半年、あの暗いマンションの部屋にいる間、そんな風に考えることすらあった。

まさかこうして母親と舞と三人で、実家で過ごすイメージなど浮かびようもなかった。

あとは、知美さえいれば――。

頭に浮かんだそんな思いつきを払いのけるようにして、ソファから立ち上がった。

「おかえり」

一階に下り、台所にいる舞に声をかける。

「ただいま」

舞が平常の声で応じる。そうして祖母に向き直る。

「駅前のスーパーでね、私がじーっとお肉を見つめて立っていたら、売り場のお兄さんが値引きシール貼ってくれたの」

舞はそう言って、牛肉のパックを掲げた。

お手柄ね、なんて母親が言って、食卓にコンロの準備をしている。

並んでいる食材を見ると、今夜は本当にすき焼きにしたようだった。

「舞ちゃん、今日はどうしていたの？」

菜箸を使い牛肉をパックから大皿へ移しながら、母親が尋ねる。

「今日？　ちょっとね」

舞は舞で、白菜を手際よく切り分けている。

ちょっとって何なんだ、と胸のうちだけで呟く。

下手に会話に入って、舞の機嫌を損ねたくなかった。

「若者にこんなこと聞くのは、野暮でしたか」

母親が冷蔵庫から卵を取り出しながら言う。

「そうですよ」

舞はうたうように言いながら、三人分の取り皿を戸棚から出す。

二人がうまく連携を取って準備するのに入っていけず、そばで眺める。

何にせよ不機嫌ではないならば、それだけで良かった。

「よし、それじゃあ昭夫も座って。いただきましょう」

母親の号令に従って、食卓につく。

熱した鍋にまず、牛脂を塗る。ネギの青い部分を転がす。

じりじりと音が立ち始める。煙が立つ。

そこへ牛肉を一枚ずつ、広げるように入れる。

砂糖をまぶす。濃い醤油を回し入れる。酒も入れる。

すぐさま色が変わる肉を返して、しっかりと味をつける。

「舞ちゃん、お皿出して。どうぞ」

卵をといた皿を舞が両手で差し出すと、脂できらきらと照った牛肉を、母親が放り込んだ。

「ほら、昭夫も」

大人しく皿を差し出すと、なんだか恭しい格好になった。

牛肉を卵で絡めて、すぐに口に運ぶ。

卵のコク。それに甘さ。それに塩っぱさ。なんて贅沢な料理だと思う。

こうした砂糖をまぶす食べ方が関西風だということは、大人になってから知った。

根っからの江戸っ子夫婦がどうしてこんな食べ方をするのか、尋ねようと思ったことすらなかった。

こうして肉を丁寧に焼き、家族の皿に差し出すのは、かつては父親の役目だった。母親がやっても、じぶんがやっても、父親は結局文句を言いだして、譲らなかったのだ。

じぶんは、知美や舞にこうしてすき焼きを振る舞ってやったことが、あっただろうか。

記憶を探る。なかったかもしれない。そもそもご馳走を食べようという時にはいつも、外食にばかり出てしまっていたのだ。

すき焼きか、と胸のうちで呟く。

知美を誘い、もちろん舞も一緒に、すき焼きを食べるのはどうだろうか。

そうしてじぶんが、かつての父親のように、今の母親のように、肉を焼く。そして配る。

こんな贅沢な料理を久々に囲んだら、これまでと違う言葉を交わすことが、できはしないだろうか。

「はい、舞ちゃんにもお肉。ちょっと焼きすぎたかな」

こちらが食べ切るのを待たず、母親が次から次へと具材を差し出すのを、舞とじぶんとが交互に受け止める。

肉をたくさん食べると近頃は、胃もたれしてしまうのが常だった。今夜はそれでも構わないとばかりに、卵の絡まった肉をまた一枚、口に入れた。

食後に冷蔵庫からケーキを出すと、舞は想像していた以上に喜んだ。

「懐かしい！　わたし、ショートケーキにする」

そうはしゃいで、おばあちゃんもショートケーキ食べなよ、美味しいんだよと舞が勧める。

「昭夫はいいの？」

そう母親から聞かれて、俺はもう腹一杯だよ、と答える。

缶ビールの残りを口に流し込みながら、ケーキを食べる舞の様子を見ていた。その姿は、数年前までの舞と何一つ変わりないように見えた。

買ってきて良かったと、そう思った。

「ねえ、銭湯に行こうよ」

ケーキを食べ終え、機嫌を良くした舞がそう提案すると、そうねえ、そうしようかと母親が応じた。

「おお、俺も行こうかな」

「酔っ払いは危ないわよ」

母親が言う。

「ビール一本ぐらいじゃどうもしないよ」

そう返して、それぞれ着替えや何かの準備をして、家を出た。

銭湯は、歩いて五分もかからない場所にあった。

古めかしい牛乳の販売機の置かれた店前で、母親と舞を先に入らせる。

そうして、思いつくままにスマートフォンでメッセージを打った。

〈近々、舞と三人で飯でも食べないか？〉

〈忙しいとは思うんだけど〉

〈木部の件も、もうすぐひとまず落ち着きそうなんだ〉

じっくり考え出したら、送れなくなってしまう。そう思い、立て続けに文字を打っては送信してしまう。

送信完了したことを、画面で見て確かめる。突然の行動に、自分自身が驚いていた。

返事にやきもきはしたくなかったので、メッセージのことは頭の片隅に追いやって、さっさと銭湯に入ることにした。

番台で料金を払う。男湯ののれんを勢いよくくぐり、手早く洋服を脱いで、籠《かご》に入れる。籠の底にスマートフォンを埋めてしまって、足早に浴室へと向かう。

ガラス戸を開けて中に入ると、客はまばらだった。

風呂椅子のひとつに腰かける。持参した桶《おけ》を使って手際よく体を流し、さっそく奥の湯に入ることにした。

足先からゆっくりと、湯に体を沈めていく。そうして肩まで浸かると、堪えようとしても、どうしても声が漏れた。熱い湯が気持ち良かった。

銭湯なんて久々だった。

以前ならば出張をする際には必ず、大浴場のあるビジネスホテルを選ぶようにしていた。しかし近頃では、本社に出向いてくる人々を迎えるばかりだった。

湯気がもうもうと立ち上がる湯船に、じぶんの他に三人、奥の壁に背を預けて浸かっている。洗い場では、三人組の若者が楽しそうに会話をしている。

昔ならばやかましいと怒鳴る年寄りがいたが、どうやら今夜の客たちは、鷹揚《おうよう》に構えているようだった。

それでいいと思った。じぶんが小さい頃は、こんなものじゃきかなかった。子どもが叫んだり、石鹸を体に塗って床をつるつると滑っていたりさえした。

壁のペンキ絵には、定番の富士が描かれていた。

よく眺めようと思い、湯船のへり側へと居場所を移す。

富士は清々しい青色をしていた。

画面の端から端まで描かれた裾野の下には、まるで富士と連なっているかのように同じ青色をした、湖が描かれていた。

「赤富士か」

親父がそう呟く声が唐突に、頭の内で響いた。

あまりにもはっきりとした声が聞こえたような気がして、しばしの間辺りを見回して、戸惑ってしまった。

いつ、どんな時に父親がそう呟いたのかは、覚えていない。

しかし、いつの日か確かに、じぶんはその声を耳にしたことがあった。

この銭湯でのことだろうか。それとも、何かの用事があって、他の街の風呂屋に入った時だったか。

幼い日に聞いた父親のその声は、少なくとも、明るいものではなかった。

今考えてみれば、赤富士が描かれていたならば、珍しがってもいいのではないか。

しかし、あの時の父親はその珍しい富士の絵を、確かに喜んでいなかった——。

実家に帰るようになったこのしばらくの間に、父親について思い出すことが増えていた。

いつかの記憶をもっと近くに手繰り寄せようと、目を瞑《つむ》る。

あの時の真っ赤に染まった富士山の絵。そして、それを見上げる父親の横顔が、もう少しで鮮明に思い出せそうだった。

「昭夫さん」

その時、そう声をかけられた。

瞼《まぶた》を開く。

湯気で霞んだその顔を捉えようとして、眼をこらした。

声の主は、あの牧師だった。

ええっと、と口にしながら、彼の名前を思い出そうとする。

「荻生です、牧師をしております」

「ああ、荻生先生」

母親や舞がそう呼ぶのにつられてしまう。

「こんな場所で話しかけてしまって、ご迷惑だったでしょうか」

「いえいえ。よくいらっしゃるんですか？」

浴槽のへりにだらしなくもたれかかっていた姿勢を正す。

「週末の楽しみといったところです」

そう言って荻生はまた、笑みを浮かべる。

前に見た時と同じ、見ているこちらが不安になるほど無防備な笑みだった。

いくらか世間話をした。

母親はどうやら、荻生が牧師を務める教会のミサにも出ているらしかった。

母親がキリスト教に興味があるだなんて、全く知らなかった。

けれど、たしかに寺と比べれば教会の方が、なんだかあの母親に似合っているような気もする。

「毎日のように信徒の悩みや告白を受け止めて、その上、ボランティアまでして。大変でしょう」

真面目なこの牧師は、神のお導きです、だなんてつまらないことを言うんじゃないか。

内心ではそう思いながら尋ねた。

荻生はしばしの間、考えるそぶりをしていた。

やがて、口を開いた。

「はっきり言って、疲れたと感じてしまう時もあります」

意外な返答だった。

普段はコンタクトを入れているのか、荻生は目を細めることで、どうにか壁の絵を捉えようとする。

「今日の夕方、ミサが終わって、福江さんとご一緒している時でした。教会の前をイノさんという、なかなかわれわれの支援を受けてくれない、一人の男性が通りがかったんです」

荻生はこちらに顔を向けて、一文、一文を指で辿《たど》るみたいにして丁寧に、話を進めた。

この間、夜回りに出る前の荻生と母親が、そんな人がいると話していた覚えがあった。

「彼は空き缶がぎっしりと詰まった大きなゴミ袋をいくつも自転車にくくりつけて、それを押して歩いていました。普段よく見かける、彼の姿です。しかし今日は、何だか足取りがふらふらとして、おぼつかなかった。そうしてそのまま自転車と一緒に、倒れ込んでしまったんです」

「それは大変だ」

ホームレスのひとが倒れたら、救急車を呼んでいいのだろうか。

そんなことをふと、疑問に思う。

いや、もちろん呼んでいいに決まっている。

母親は支援までしていると言うのに、息子のじぶんはそんなことすらあやふやだった。

「水が一杯あればいいと言うので、教会にあったペットボトルを持ってきて、渡してやりました。ゴクゴクと美味そうに飲んだのを見て、福江さんも私も、ひとまずホッとしました」

そう話す荻生は、今実際に、話す通りの出来事を前にしているかのように、表情をうつろわせた。

「そうして私は、自転車を起こすのを手伝ってやろうと思ったんです。すると、彼は大きな声で、『手え出すな！』と叫んだ」

先ほどまで不気味なほど穏やかな笑みを浮かべていた荻生の表情が、険しかった。

「『こんなこと、じぶん一人でできなくなりゃ、終わりなんだ』そう言ってイノさんは、じぶん一人の力で自転車を起こして、そのまま押して去っていきました」

荻生はまた、遠くを眺めるような細い目を浮かべる。

「昭夫さん。私はあの時、牧師としても、それにボランティアを行う者としても、イノさんにかけるべき言葉が、見つかりませんでした」

からかい混じりで聞いたことだったが、今では荻生の話に聞き入っていた。

「こんな風に言うと、体よく繕っていると受け取られるかもしれません。けれど私は、福江さんたちと共に夜回りをしている時、彼ら、彼女らを助けているなどと思うことは、ないんです」

荻生は右の手のひらに湯を掬《すく》い、じっと視線を落としている。

「かと言って、何かを教わっているというのも、少し違う。もちろん、学ばされることはたくさんありますが」

やや躊躇《ためら》うようなそぶりを見せてから、荻生は手のひらを傾けた。

そうして掬った湯を流れ落ちるままにさせた。

「この人たちと共に生きたい、どうにかして生きねばならないと、そんな風に感じるんです」

そこまで話すと荻生は、ゆっくりと息を吐いた。

そうして少しずつ、いつもの微笑みをその顔に取り戻していった。

それから荻生は、「ひなげしの会」での母親の尽力ぶりを、熱を込めて話した。

お返しに、母親の思い出話をいくつかしてやった。

先ほどまであんなに真面目な顔をしていた荻生が、若かった頃の母親の話をすると照れたような、困ったような顔をするのがおかしくて、思わず長々とからかってしまった。

「いけない、のぼせてしまいますね」

荻生が言って、一緒に湯船を出た。

「私はもう少し、ここで休憩しようと思います」

そう言って荻生は洗い場を指さした。

「そうですか。それではお先に。いろんなお話をありがとうございました」

そう頭を下げると、ああ、そうだ、と荻生が言う。

「明日は隅田公園で炊き出しをするんです。昭夫さんももし、お忙しくなければ」

少しだけ考えてみる。母親たちがどんな風に活動をしているのか、見てみたいような気もする。

「せっかくですが……遠慮させてもらいます。母親をよろしくお願いします」

「ええ、こちらこそ。それではまた」

そう言ってガラス戸へ向かうと、ほんの少し立ちくらみがする。

お気をつけて。背後からまた、荻生が声をかけてくる。

はい、先生も。そう言って、足取りを確かめながら脱衣所へと向かった。


〈そうね。時間、作ってみるわ〉

風呂から上がると、知美からそう返事が来ていた。

荻生と話していたおかげで、メッセージを送ったことをすっかり忘れていた。

脱衣所で、タオルで軽く体を拭いた裸のままで、スマートフォンを握りしめる。

じんわりとした喜びが、胸のうちに湧いてきていた。

隣にいた男が怪訝《けげん》な顔を向けているのに気がついて、スマートフォンを籠に戻す。

きちんと脇や股までタオルで拭いて、服を着る。

そのまま外に出ると、今度は舞にメッセージを打った。

〈パパは居酒屋で一杯やることにしました〉

〈先に帰っていてください〉

そう立て続けに送っている間にも、舞から返事が来る。

〈もうとっくに帰ってきてるよ〉

荻生と長話していたからか、女二人の方が先に上がってしまっていたようだった。

いい夜だ。いい夜だから、あんまり酔ってしまわないようにしよう。

そう思い、一杯は、本当に一杯に留めた。

赤提灯を出した居酒屋に飛び込んでみると、カウンター席ばかりのこぢんまりした店だった。

客はそれなりに入っていたが、それぞれ穏やかに会話をしていたり、あるいは新聞を読むなりテレビを見るなりしていて、一人で好きに呑んでいられた。

そうしてスマートフォンを眺めていた。

〈そうね。時間、作ってみるわ〉

それ以上でもそれ以下でもない、端的な返信だった。それでもこの半年の夫婦関係を思えば、大きな前進と言っていいはずだった。

「お客さん、嬉しそうだね」

お通しのホタルイカを小鉢で出す大将が、そう声をかけてきた。

「いいことでもありました？」

そう問われて、返事に困った。

別居している妻からメッセージの返事が来たんですと、そう言う訳にもいかない。それとも居酒屋というのは、そんな風に話したって構わない場所なのか。いやあ、ビールがあんまり美味いものだから。そう返すと大将は、それは良かったと笑いながら、別の客に出す刺身に手際よく包丁を入れていた。

「ただいま」

暗い店から居間の方へ、そう声をかける。

「いやあ、銭湯に浸かった後の冷えたビールは最高だね」

居酒屋から帰ってくるまでの道のりもまた、夜風が心地よかった。湯に入り、酒を飲み、体ばかりではない頭や胸の奥までが弛《ゆる》んで柔らかになっている感覚が、はっきりとあった。

「おかえり」

居間に入ると、舞がそう言って迎えてくれる。

母親は長椅子に座り、舞はそのそばに腰を下ろしている。

二人の間でちょうど何かの話が終わったという雰囲気だった。

「母さん、牧師さんに会ったよ。銭湯で」

荻生の話に少なからぬ感銘を受けたことについては、うまく説明できそうになかった。

「あら、そう」

清廉潔白そのものというあの荻生と、ミス隅田川を張ってきた貞淑な母親のことを、少しからかってみたい気持ちになる。

「裸の付き合い。俺、話してやったんだ」

「何を？」

母親は少し身を乗り出してそう聞いてくる。

その必死さが、息子ながらに可愛らしく感じる。

「子どもの頃、お袋に連れられて、よくこの風呂屋に来ました。まだお袋は若くて、ピチピチしてましたよって。そしたらあの牧師さん、顔赤くしてたよ」

そう言って、酔って赤らんだじぶんの顔をわざと突き出して見せる。

まるでそれが伝染《うつ》ったみたいに、今度は母親が顔を赤らめている。

「純真だね、流石に」

そう言って笑うと、母親は慌てて立ち上がり、腕に抱えていた洗面桶を奪うようにして、階段に向かって背中を押してくる。

「バカな子ね。酔っ払いは、二階に行って寝なさい！」

「大して酔っちゃいないよ」

こんな冗談一つで慌てるのだから、この母親も相当純真だ。そう思うと、余計に可笑《おか》しかった。

「舞ちゃん、布団敷いてあげて」

もう一つ二つ、からかってやろうと思っていたが、しょうがないので大人しく階段を上っていく。

「ほら、早く」

舞に急かされるままに二階の奥へと追いやられて、窓際に置いた籐のアームチェアに腰掛ける。

不機嫌とまではいかないが、どこかツンケンとした態度で、舞は押入れから布団を出して床に広げる。

「大学、行ってるのか？」

二人きりになるのは、オートロックのマンションに帰るのが嫌になったのだと、そう言われたあの晩めし以来のことだった。

「どうだ、授業は面白いか」

「面白くない」

にべもなくそう即答する。

ついさっきまでケーキを食べて大喜びしていたのに、今度はまたどうして態度に棘《とげ》があるのか、訳が分からなかった。

「おい、もうちょっと静かにできないのか。埃がすごいよ」

そう言った途端、舞の動きが止まった。

肩から背中にかけて、何か不気味な空気を纏った舞が、こちらを振り向く。

目の前に膝をつけて座り、まっすぐにこちらを見つめる。

「あのね」

舞が改まって切り出す。

「おばあちゃんの前で、牧師さんの悪口を言わないで」

なんだ、そんなことか。そう安堵しつつ、どうしてそんなことに舞が真剣になるんだという疑問が湧く。

「何で？」

「何でって、分かるでしょう」

舞は呆れたような声で言う。

「……何が言いたいんだ」

舞は少し息を呑んで、それから意を決したというように口を開いた。

「おばあちゃんはね、好きなんだって、牧師さんが」

何を馬鹿なことを、と言いたかった。

この間、この実家から帰る際に店で、舞が同じようなことを言った。

その晩は、そしてそれから数日の間は、確かに動揺もした。

しかし、よくよく母親の年齢や性格を踏まえれば、考えるまでもない話だと思った。

あの荻生という牧師が、母親のことを憧れまじりの目で見ていることは、先ほどの銭湯でもよくわかった。

母親にしても、別に悪い気はしていないだろう。

互いに同じホームレス支援という活動を共にする、信頼し合うメンバーでもある。

ただ、それだけのことだ。それ以上、発展のしようもない。

それだけのことを、この年頃の娘は、〈恋〉という一つの箱に乱暴に仕分けてしまっているのだ。

「だからあれだろ、好きっていうのはその――いい人だ、ってことだろ」

身を乗り出して言う。

「ち・が・う」

舞はもどかしげに首を横に振って言う。

まるで物分かりの悪い小学生に、諭して聞かせるような言い方で続ける。

「愛してるの」

言葉を失った。

「すごいでしょ」

いつの間にか喉がからからに渇いている。

「もしかして結婚するかも知れない」

胃の上のあたりがぞわっとする。

「どうする？　パパ！」

椅子に座っているというのに、腰が抜けかけていた。

「やめてくれよお前、もう」

うんざりしながらそう言っても、舞はいっそうこちらに体を乗り出して、大きな目をさらに大きくさせて続けた。

「反対したって駄目よ。おばあちゃんには誰とだって結婚する権利があるんだから」

そう滔々《とうとう》と語る舞の表情は、古い記憶を呼び起こした。

確か、舞がまだ年長組くらいの頃。クリスマスプレゼントにひらひらしたドレスを買ってやった。次の晩、舞は幼稚園にそのドレスを着ていくと言い出した。汚すに決まっているんだからダメだと言っても、聞かなかった。

私、これを着ていくの。

そう宣言した六歳の時の舞と、全く同じ顔だった。

「ねっ！」

最後の念押しというように、舞がそう言って膝を叩いてきた。

そのまま立ち上がって、素敵！　だなんて甲高い声をあげながら、小躍りするように階段の方へと駆けていく。

思わず立ち上がり、階段まで行ってその後ろ姿を見下ろす。

何か言ってやろうかと思ったが、もはや言葉も何も出てこなかった。

「二人とも、どうかしちまったのか」

どうにかそう呟いて、窓際の椅子まで戻ろうとする。

その時、ふらついていた足が敷布団に引っかかり、腹から布団に倒れ込んだ。

顔が枕に埋まって視界が塞がれる。

「おばあちゃんには誰とだって結婚する権利があるんだから」

ついさっき、そう言った時の舞の生意気な顔が暗闇に浮かびあがってくる。

「いい加減にしろ！」

そう叫んで、倒れたまま枕を壁に投げつけた。

9

「ひなげしの会」が夜回りと並んで活動の主としている炊き出しの準備のために、母親は早朝から忙しくしていた。

どうやら舞も一緒のようだった。

これまでも支援物資の整理などは手伝っていたが、今日は初めて、高架下にあるささやかな公園で弁当や豚汁や野菜などを配布するのに参加するらしい。

こんなに若い娘がと、父親として心配がないと言えば嘘になった。

しかし、舞を見ているとどうやら、誘われたから興味本位で行く、というのとは少し様子が違っていた。

メモと物資とを見比べて、用意に抜けがないかと、何度も確認している。メンバーらしき誰かと電話で、熱心に何かを話し合っている。

この半年ほど、娘の気持ちがじぶんにはもう、よくわからなくなっていた。しかし、今の舞の顔を見ていれば、彼女が彼女なりに、はっきりとした意志をもって活動に加わろうとしていることは分かった。

大学がつまらないと言ってすねている時とは違う。

十八年育ててきた娘だから、それぐらいのことはわかった。

物を言いたかったのは、母親の方だった。

昨晩の舞の話を信じるならば、母親は今日の炊き出しを通してまた、あの荻生という牧師とさらに仲を深めてくるのだ。

公園に持っていく荷物の準備をにこやかに進める母親の顔も、昨日までとは違って見える。

見ていられなかった。

もちろん、じぶんにも理解できる部分はあった。

人は何歳になろうとも、思春期と大差ない煩悩を引きずって、日々を過ごしている。

今ここで、もう一歩踏み込んだらどんなことになるのだろう？

その可能性を試すかどうかは別として、そんな考えが頭をよぎる場面は、長く生きていれば何度かある。

今まさに、母親にそんな場面が訪れているのだ。頭で考える限りは、そう整理することもできた。しかし、他でもないじぶんの母親となると、訳が違った。

なんと言えばいいのだろうか。

足下の地面から、ぐらぐらと揺さぶられるような感覚。

いや、むしろ、体内にある大切な臓器の一つが、そっくりそのまま抜き取られてしまったような感覚。

それとも、預金が知らぬ間に一桁減っているような感覚？

いくらそんな風に例えてみようとしても、到底言い表せないような衝撃だった。

朝起きてから、悟られないように平静を装っているつもりだったが、舞にはお見通しだったのかもしれない。

店へと出ていく二人に力無く手を振っているじぶんを、舞は冷ややかな目で見た後、声に出さず口を動かした。

（ねっ！）

昨晩、膝を叩いてきた時の舞の声が、頭の中で響いた。

二階の押入れを漁《あさ》ることも昨日で一通り終えてしまったので、実家にいてできる暇つぶしが見当たらなかった。

いや、本当は、暇つぶしというのとは違った。

絶えず頭に浮かんで離れないことを、考えずに済む方法を探していたのだ。

それはもちろん、木部のことだった。

週が明け、さらにもう一週が明けた月曜日には、正式に木部の懲戒解雇の手続きが進められることになっていた。

「気持ちはわかるんだがね、もう結果は変わらないと思うよ」

同情の目で事態を見てくれていた役員の一人が、数日前にこっそりとそう教えてくれた。

じぶんの立場でできることはもう、すべて終えていた。

会社に行きたくなかった。

このところ、人事部のデスクで作業をしていても、業務センターで顔の色を失って、ただ画面を見つめる木部のことが、頭から離れなかった。

これまでにだって、出社するのが憂鬱なことや、多忙を極め家で寝ていたいと思うことは、いくらでもあった。

しかし、こんな風にはっきりと、もうあの会社に行きたくないと願うのは、初めてのことだった。

それでも、行かなくてはならない。

今回、希望退職を言い渡し、辞めていった社員たちのことを思うと、そんな義務感がかろうじて湧いた。

家を出たのはいいものの何をする気も起きず、ただ隅田川沿いを歩いた。

桜橋まで川沿いを上り、公園で少年野球の試合をしているのをぼんやりと眺めた。

小学校五年生か、六年生か。試合は五回裏、０対０で拮抗していた。

やがて線の細い男の子が、代打で出た。見るからに緊張で肩がこわばっている。

これはダメだな。そう思って眺めていると、彼は打席に立った途端、何かを心に決めた顔をした。

そうして彼は、初球で大きくスイングした。

金属バットが軟球を捉えた鈍い音がする。ボールは弧を描いて、左中間まで勢いよく飛んでいった。

感心して見ていると、外野がボールを拾うのに戸惑っているうちに、打った少年はぐいぐいと塁を回っていく。足が速いのだ。

二塁を過ぎて、三塁に差し掛かる。チームメイトが三塁のそばに立ち、腕を大きく回している。

少年はそのまま三塁を踏んで、ホームベースまで滑り込んだ。

少し遅れて、外野からの返球がキャッチャーの子の元へと、力無く転がってきた。

サヨナラ勝ちだ、という歓声が上がった。チームメイトがバッターの少年を取り囲み、頭を叩いて讃えた。

審判が声をかけて、両チームがホームベースのあたりに整列する。

勢いよく互いに頭を下げると、選手たちはそれぞれのベンチへと、まっすぐ走って帰っていった。

羨ましい。眺めていて、そう思った。

じぶんは別に野球が好きなわけでも、そもそもスポーツが好きなわけでもない。

いったい何を羨ましいと思うのか、ひとしきり考えてみたけれど、答えは出なかった。

それからまた川沿いの道を、今度は下っていく。

途中、思い立ってコンビニに寄り、缶ビールを買った。昼飯代わりだと思い、つまみも買った。

そのまま川沿いに設置されたベンチに腰を下ろした。

梅雨時には珍しく、空が明るい日だった。

その場所からは対岸の遠くに、炊き出し会場となっている高架下の公園を見渡すことができた。

母親と娘が、そこで炊き出しをしている。生活に困窮する人々へ食糧を提供し、古着を渡し、さまざまな支援についての案内をしている。じぶんだけが、ただ一人きり川沿いをふらふらとしている。

その時ふと、頭に浮かぶイメージがあった。それは実家の食卓の景色だった。

そこには舞がいる。そして母親がいる。

昨日の晩のように、テーブルの上にはコンロが置かれ、すき焼きの鍋や、具材が山盛りの皿が載っている。

そして、じぶんのいたはずの場所には、あの牧師がいる。

困窮者支援に励む立派な、そして、お袋の好きなあの牧師が、あの家の新たな主人として居座っている。

何気なく思い浮かんだその光景は、まるで完成された絵画のようだった。

題をつけるならば何だろう、と思う。

〈新しい家族〉、それとも〈清らかな食卓〉。

いずれにせよ、そこにじぶんはいない。その絵の中に、じぶんの居場所はない。

そんなことを考えながら、手に持った缶ビールを傾ける。

ビールの炭酸が喉を刺激する。麦の香りが鼻から抜けていく。

しかし、アルコールは一向に、気分を良くさせてはくれなかった。

その時、カラン、という高い音が耳に届いた。

音のした方を横目で見る。

ゴミ捨て場に積んで置かれたいくつもの袋が、そのまま塊になって、宙を漂ってきている。

ひと目見た時、そんな風に思った。

よくよく見れば、ゴミ袋は全て一台の自転車に積まれ、縛り付けられている。

そして、自転車は人の手によって引かれている。

身なりを見ると、ホームレスの男性のようだった。

あまりジロジロ見てはいけないと思い、手に持った缶に視線を落とす。底の知れない暗い飲み口の穴が、ぽっかりと空いている。

あからさまに目を逸らしてしまったと後悔しかけていると、今度はすぐそばでカランという音が響いた。

身を固くしながら、隣を見る。自転車を引いていた男が、そこに腰を下ろしていた。

「飲み終わったら、俺にくれるか？　空き缶が欲しいんだ」

男がそう話しかけてきた。

手元にも膨れたビニール袋を携えている。

「ああ、はい」

驚きのうちにようやくそう返事をして、ほんの少し残っていたビールを、缶を反らせて飲み干す。

「昼間っからビールか。いい身分だな」

缶を渡してやったのに、男はそんな嫌味を言った。

ほんのりとした酔いも手伝って、言い返した。

「いいでしょう、休みの日にビールぐらい。僕にだって、色々悩みはあるんですよ」

「仕事か？」

男が缶を潰しながら言う。

「まあ……」

「それとも、コレか？」

そう言って男は、片手の小指を立てて、こちらに差し出しながら言った。

コレ。女か。

女に悩んでいると言われれば、まさしくその通りだった。

「まあ……それもあります」

そう返事をしながら、昨日母親とした言い合いを思い出した。

大企業で競争に喘ぐじぶんたちと、ホームレスで暮らすに困っている人々とは、全く生きる世界が違うのだと言った。

そう言って遠ざけたはずの人と、何故だかじぶんは今、問答をしていた。

「厄介だな、女は」

男はそう言って、缶の詰まったビニール袋のてっぺんに、渡したビールの缶を叩きつけた。

そのままため息をつく男の横顔を、あらためて見てみる。

汚い身なりと決めつけていた男はよく見ると、顔や首に深い皺が刻まれてはいても、さほど汚れが溜まっているようには見えない。

それなりに整えられた白髪。やはり白色をした、口元や顎の髭。

肌は日に焼けて色の濃いシミをあちらこちらに作っているが、適度に艶があり、どこか力強くも感じられる。秋の道端で見かけるプラタナスの大きな落葉を思わせる肌だった。

「おじさんも苦労したんですか？　女で」

こちらも小指を立てながら、そう尋ねてみる。

この男に少し興味が湧いてきていた。

「昔は、女が悩みの種だった」

男はまっすぐに川面の方を見遣って、言った。

「今じゃなあ」

今度は視線を落としながら、ため息をつくように口にする。

「今じゃ、何です」

「女がいねえのが、悩みだ」

にこりともしない真面目な口ぶりに、思わず笑ってしまう。

ひょっとしてこの人は、昨日銭湯で、荻生牧師が話していた人物なのではないかと思う。

そのまま、男は立ち上がった。この男の立つ姿は、何だか目の離せない雰囲気があった。

腰は曲がっておらず、背筋がピンと立ち、手足も真っ直ぐに伸びている。それなのに、全身の佇《たたず》まいには無理がなく、力が抜けている。

木のようだ、と真っ先に思った。

実をつけず、派手な花を咲かせることもない、しかし長い歳月真っ直ぐに立ち続ける、物言わぬ樹木の佇まいが、頭の中に浮かんだ。

「どっちにしても、楽じゃねえよ。生きてくのは」

眼前を洋々と流れる隅田川を見晴らしながら、男は言う。

「その通りです」

深い実感を込めてそう返す。全くその通りだと思った。

男はそのまま自転車の方へと戻り、手に持っていたビニール袋を、ハンドルに新たに引っ掛けた。

母親たちがやっている炊き出しについて伝えるか、しばし迷った。

しかし、何かの決意すら込めて自転車を押していく彼の背中を見ていて、やめた。

通行人の疎ましそうな目を受けながら、彼はまっすぐに川沿いの道を進んでいった。


「教会の先生がいらしてるの」

散歩から帰ると、炊き出しを終えて帰宅していた母親がそう言って迎えた。

そうだろうな、と胸の内で思った。これだけ仲良くしていれば、活動の後にまた家にも呼ぶだろうと想像していた。

「お邪魔してます。昨晩は、お風呂屋さんで」

荻生は居間の長椅子に座って、昨晩と同じ穏やかな声で言う。

「どうも」

そう言って頭を下げた時、荻生の足元に紙袋が置かれているのが目に入った。

〈神崎足袋店〉と印字されたその紙袋を見て、中身が思い当たる。

母さん、渡したんだな。

そう考えると、今じぶんは二人の仲睦まじい時間に割って入ってきたのだという気がした。

今朝、母親と舞が家を出た後、その上履きが店に置かれているのを見つけた。波がいくつも重なった「青海波《せいがいは》」という模様が染め抜かれた、青い上履きだった。手に取って、裏側を見てみたり、中を覗いてみたりした。

母親の手縫いだと、すぐわかった。

父親やじぶんは上履きを嫌って使わなかったが、常連の客に請われて、母親が縫ってやっていたことがあったのを思い出した。

いったいどうしてまたこんな、懐かしいものを。

もしかして、じぶんのために母親が縫ったものじゃないか。

そんな風に思い、足を入れようとした手前で、気がついた。

上履きは明らかに、じぶんの足には小さかった。

それにこうした上履きを縫う時には、母親は細かく足の大きさや形の寸法を取るものだった。

そうして、直感した。

これはあの牧師のための上履きなのだ。

「今までここで百恵ちゃんたちと、炊き出しのお疲れ会やってたの。今日は大勢の人で大変だったのよ」

母親が座布団を拾って重ねながら、そう説明する。

「それがいいことかどうか、分かりませんけどね」

荻生が応じた。

なるほど、他のみんながそそくさと帰っていった後で、牧師だけが残り、二人きりの時間を過ごしていたのかと納得する。そうしてあの上履きを、何時間もかけて手縫いしたスリッパを、母親は手渡したのかと。

「今、コーヒー淹れてあげる」

母親が台所から声をかけてきた。

「舞も一緒だったんだな？　炊き出し」

様子を聞こうと思い、そう尋ねてみる。

「そうよ。木村《きむら》君っていう、よく働くボランティアの子がいてね。仕事が済んだら、二人でスカイツリー見に行った」

なんだって？　と、その木村という若者について詳しく尋ねようとしたところで、荻生が口を挟んだ。

「彼は、私のいた大学の学生らしいですよ」

「あら、そう」

母親は感心したような顔をして言う。

こちらは何のことだかよくわからない。

「ねえ昭夫、牧師さんは昔、大学の先生だったのよ」

「え？」

そう言って、荻生の方を見る。

彼は気恥ずかしそうな顔をして、座卓に置かれたコーヒーカップを手に取り、一口啜った。

「大学では、何を教えてらっしゃったんですか」

居間の隅に置かれた、母親の物書き机の椅子に座り、そう尋ねてみる。

牧師というのは、生まれた時からというのはおかしいけれど、大学だったり、会社だったりの俗世間を経ずに、真っ直ぐに牧師になるものだと思い込んでいた。

「フランス文学です」

「牧師になるためにお辞めになったんですか、大学の先生を」

食い下がって聞く。

大学の先生だなんて高級な仕事を、そうあっさりと手放すなどということが、半ば信じられなかった。どうしてそんな決断ができたのかと興味が湧いた。

「嫌になったんですよ」

荻生は手に持ったコーヒーカップを大事そうに両手で包みながら話した。

「大学というところは、周りの顔色ばかり気にして過ごさなきゃいけない。文学の研究と言いながら、実際は教授たちの顔色の研究ばかりしていて、どうやったら教授になれるかなんて……そんなことで苦しんだり悩んだりしてるじぶんが、嫌になったんです」

荻生の言うことが、よくわかると思った。

「それはサラリーマンだって同じですよ。平社員から課長、次長、部長。上役の顔色の研究ばっかりしてる。一番、当てにならない連中のね」

そうだ、まさしく〈顔色の研究〉だと、荻生からうまい表現を教わったという気がする。

「一方、今は、非正規や派遣社員が増えて、その人たちのことはいつだってクビにできる。ぼくだって嫌になりますよ。……いや、すでに嫌になってる」

こんな愚痴ならば今のじぶんは、何時間でも話していられる。

「会社なんか辞めて、牧師になりたいくらいだ」

本気でそう思った。

すると荻生は、こちらの顔を見て、言う。

「それはお勧めできませんな、あはは」

「無理ですか」

そう真剣に尋ねると、台所から母親が鋭い声をかけてくる。

「当たり前じゃないの。あんたにできるようなお仕事じゃないでしょ。失礼ね」

言われてみれば、少し失礼だったかもしれない。

そう反省しつつ、もう少し荻生に尋ねてみたかった。

ようやく勝ち得た大学の職を、どんな気持ちで手放したのか。

どんな思いで牧師という、全く異なる世界に足を踏み入れたのか。

母親がコーヒーを入れたカップを持ってきて座卓に置く。

すると荻生は、床に置いていた紙袋を手に取り、立ち上がった。

「それじゃ、私はこの辺で。昭夫さん、いずれまた」

そう言って頭を下げながら、店の方へと歩いて行った。

見送ろうとして立ち上がった母親がくるりと振り返って、こちらを睨んでくる。

はいはい、悪《わる》うございました。そう思いながら、荻生のどいた長椅子に腰を下ろした。

「先生、どうも失礼いたしました」

「昭夫さんは、だいぶ悩んでおられるようだけど」

店で母親と荻生の交わしている会話が、こちらまですっかり聞こえてくる。

「生意気なことばかり申し上げて」

「でも、彼はまだ若い。やり直せます」

「そうでしょうか」

荻生は、こちらに声が届いていることに気がついているのか、いないのか、話を続けた。

「本当に若い。まだ、いくらでもやり直せる。わたしは焦がれるような羨望を込めて、そう言うんですよ」

真剣な声だった。

「なるだけ肩の力を抜いて、朗らかに生きた方がいい。お母さんのあなたのようにね」

なんだ、結局はお袋へのおべっかか、と思う。

「上履き、ありがとう」

そう言って荻生がガラス戸を閉めて出ていくのが、わかった。

少して居間に戻ってきた母親は、いやに機嫌が良かった。

「あなたはまだ若いって！」

母親が言う。

「まだやり直せる。朗らかに生きた方がいい、お母さんのあなたのようにね——全部聞いてたよ」

荻生の声を真似てそう言った。我ながらなかなか似ていると感じた。

もうちょっと冷やかしてやろうと思ったが、やめた。

それは母親が作った上履きを見てしまったからだった。

丁寧な仕立てだった。母親はあのような上履きを作り、そして荻生に贈ったのだ。寸法を取るために、じっくり足に触れもしただろう。親指と人差し指の長さ。土踏まずの曲線。踵からくるぶしにかけての凹凸——腐っても足袋屋の息子だから、そこまでわかってしまうのが疎ましかった。

いつか、成人式の時だかに足袋を作るため、じぶんもそうして母親に寸法を測ってもらったことを思い出した。

あれは、何だか変な気持ちのしてくるものだ。

誰かのことをじっくりと思い、その誰かの体にピッタリと合わせて何かを作るということは、ともすれば気色悪いようなことでもあるのだ。

そんなことを嬉々として成せる、わき目もふらない、〈恋〉としか呼ぶことのできない気持ちをこの母親は抱えているのだ。

反対したって駄目よと、舞は昨晩言った。

舞はまだわかっていないと思う。たとえ誰かが反対しても、駄目だとしても、それでも止まらないのが〈恋〉なのだ。

そう考えを巡らせながら、苦いコーヒーを飲み干した。

「じゃあ俺、帰るわ。帰っても一人だけどね」

そう自嘲《じちよう》しつつ立ち上がり、台所の流しに向かう。

コーヒーカップを洗いながらまた、昨晩の舞の様子を思い出す。

〈素敵！〉

そう叫んだ時の舞はまるで、目から、口から、そのまま光が溢れ出すようだった。

何か本当に美しいものを、じぶんは初めて目の当たりにした。これまで見知ってきた全ての物事は、その美しいものに似せて作ったまやかしだったのだ――そう言わんばかりの表情だった。

そう、舞はきっと、じぶんの両親にはかつて見たことのない美しいものを、この老いた母親の恋する顔に見たのだ。

その時、居間にいる母親が出し抜けに尋ねてきた。

「知美さんとは連絡を取ってるの？」

どう答えたものか、悩んだ。

ちょうど昨晩、舞と三人で飯を食べないかと、メッセージを送っていた。

しかし、ただそれだけだった。

これから先、また知美とじぶんがやり直せるかどうかは、全くもって分からないことだった。

今はまだ、黙っていようと思った。

「いいや」

そう曖昧に呟くと、母親はためらうようなそぶりを見せた。

何か重要なことを切り出そうとしている時の母親だとわかった。

やがて思い切ったように、口を開いた。

「うちに来たのよ」

「え？」

「言わないでおこうかと思ってたんだけど……先週の土曜日だったたっけ」

もちろん、そんなことは知美から聞かされていないし、知美がこの実家を最後に訪れたのは、もう二年以上前のことだったはずだ。

「来たの、知美が。何しに？」

舞の顔を見に来たのか。

それとも、夫に対する不満をひとしきり義母にぶつけたのか。

そんな風に考えを巡らせる。

「びっくりしたよ、電話もしないで。お義母《かあ》さんの顔を見に来たなんて、笑って店先に立ってるの」

母さんの顔を？

訳がわからなかった。わからないのに、何かの暗い影が、じぶんの胸のうちにゆっくりと広がっていくのがわかった。

「まあ、お上がんなさいって、しばらくどうでもいいこと話してたんだけど、そのうちお前の写真が見たいって言い出して」

そう言って、アルバムの類のしまってある棚を母親は指差す。

「見せたの？」

「知美さん、お前の写真見て、ずいぶん笑ったよ。半ズボンで両膝に赤チン塗ってべソかいてるとこなんて、泣くとこんな顔になるのね、なんて笑ってた。お前の泣く顔見るの、初めてだってさ」

泣く顔見るの初めてだなんて嘘だ、と思う。

映画を観ればじぶんはしょっちゅう泣いたし、舞が生まれた時にだって、二人して涙を流したはずだった。

でも、そうか、幼い子どものように、痛みや苦しみを抑えようともせず、自らを包み隠すことなく泣いたことは、なかったかもしれない。

じぶんは知美に見せなかったかもしれないと思う。

「あれ見たのか、知美が」

「あと、あの写真も笑った。大学一年の頃かね、髪の毛伸ばして、おばさんみたいなパーマかけてるの。二人で笑ったこと、笑ったこと」

母親が、何かを話そうとしてそれを切り出せていないことは、口ぶりでわかった。

何しろもう、四十年以上この人の息子をやっているのだ。

「それでどうしたの。何か大事な相談があったんだろ、俺の問題で」

もどかしく思いながらそう尋ねる。

すると母親は、首を横に振った。

「何も言わなかった？ アルバム見て、世間話して、それでお終いか」

「うん」

拍子抜けしそうになる。

それじゃあ、本当にただ様子を見に来ただけだったのか。

そう思うと、先ほどから胸のうちを重たくさせていた暗い影が、晴れて散っていきそうに感じる。

しかし、もう一度だけ、念を押すように尋ねた。

「それで帰ったの？」

母親はまたしばらくの間ためらうそぶりを見せた。

やがて覚悟を決めたように口を開いた。

「お洒落なハイヒールを履き終えて、顔を上げて、お義母さんさよならって言った時、私、思い切って言っちゃった」

胸の奥のあたりが強張《こわば》るのがわかった。

足を何かに引っ掛けて転ぶ直前のような、忘れ物に気がついた時のような、そんな強張りだった。

母親は続けた。

「知美さん、昭夫ともう一度やり直せない？　って」

母親の言葉を耳にした瞬間、胸の中がしんと冷えたのがわかった。

もう何も聞きたくなかった。

それでも、問わないわけにはいかなかった。

「それで？　知美、何て言ってた」

「しばらく黙ってた。そうして、お義母さんごめんなさいと、消え入りそうな声でそう言ったら、あの人の大きな目から涙が溢れ出して――」

大きな目。涙。

知美のその顔を思い浮かべることが、うまくできなかった。

「知美さん、逃げるように戸を閉めて、行ってしまったのよ」

知美にしたって、ほとんど泣かない人間だった。

小説に感動して涙を落とす姿は見たことがあっても、あるいは、声を荒らげて怒るようなことはあったとしても、人前で涙を流すことは、滅多になかった。

知美とじぶんとは、似たもの同士だったのだ。

「その時、母さんね。ああ、知美さんには好きな人がいるんだって、そう思ったのよ」

そう、母親は言った。

この家を、この町を、この世界を、深い沈黙が占めた。

壁掛け時計の秒針だけが一刻、一刻と、沈黙の深さを測っていた。

書き物机の上に置いていた、肩掛けの小さな鞄を手に取る。

手が震えていた。それを抑えようとして力が入り、手に取った鞄は、机の上に載っていた書類や何かを払いのけ、床に落としてしまった。

「そうか」

そのたった三文字の言葉を口にするのに、声は震えた。

「そんなことがあったのか」

居間を出る。

混乱した頭に、今朝まで確かな成果と思って眺めていた、スマートフォンの画面が思い浮かぶ。

〈そうね。時間、作ってみるわ〉

知美が打ったその文面の背後にある感情を、じぶんは丸切り勘違いしていたわけだ。

慌てて立ち上がった母親が、後をついて店までやってくる。

「私、余計なこと言っちゃったかね」

あとほんの数歩のうちに飲み込めたかもしれない言葉が、その問いかけによって溢れた。

「いくら親だからと言ってさ！」

普段はきちんとする靴の紐を結んでいる余裕もなく、乱暴に足を押し込んで、一歩踏み出しながら言う。

「そんなとこまで、踏み入ってほしくなかったな！」

「ごめんね――」

「これはさ！」

このしばらくの間でも感じたことのない、激しい感情が頭を真っ白にさせる。

「俺たち夫婦の問題だからさ！」

そのまま店を横切り、ガラス戸に手をかける。開けて、外に出て、乱暴に閉める。

軒先に出ると傾きかけの日が差してきて、眩しかった。

日差しから逃れるように背中を丸めて俯《うつむ》いたまま、向かう先もなくただ、歩いた。

出鱈目《でたらめ》に道を辿るうちに、浅草《あさくさ》の方へと近づいていた。

ほんの五分かそこらの間に、日がはっきりと傾いてあたりを赤く染め、もう一日が終わるのだと、人々に漏れのないように教えて回っているようだった。

言問橋《ことといばし》に差し掛かった。

胸の内を占めるのは、怒りだった。

どくどくと波打つ自分自身の心音が、耳元にまではっきりと届く。

誰に対する、何の怒りか、もうじぶんでもよくわからなかった。

知美に対する怒りが、母親に対する怒りが、舞に対する怒りが、木部に対する怒りが、会社の上司や同僚たちに対する怒りが、荻生に対する怒りが、百恵や琴子に対する怒りが、そして自分自身に対する怒りが、それら全てがこの胸の内であべこべに結びついて、絡まり合って、それぞれに身を膨れさせていた。

川の上を流れてきた風が、横顔を打つように吹き抜けていった。

その時、唐突に、もう一メートルだって歩けないような感覚がした。

何故だかわからないが、この橋をもう歩いて渡りたくなかった。

家族と出かける時、あるいは一人で映画を観に行く時、いつもこの橋を渡った。

物心がつくよりも以前から、幾度となく渡ってきた。

何かを求める時にこの橋を渡り、そして、それが手に入った時にも、手に入らなかった時にも、もう一度この橋を渡って、あの家へと帰って行った。

冬は肌を刺す冷たい風が吹き、夏には容赦ない日差しに晒《さら》される橋だった。

喜びを伴って渡ったことも、泣き出しそうな思いで渡ったこともあった。

この橋。

これからまた橋を渡って、マンションへと帰っていく。

そのうちにまた母親や舞を訪ねて、この橋を反対側から渡ってくる。

次も。その次も。じぶんが生きていく限り、この橋が目の前に架かりつづける。

そうした全てに、もううんざりしてしまった。

この橋を歩いて渡るにはもう、じぶんは疲れすぎている。そう思った。

車道に向かい、右手の遠くに目を凝らすと、黒い四角い車体のタクシーが見えた。

赤い文字で〈空車〉と出ているのが、近づいてくるにつれてわかった。

手を挙げた。もう一歩だって歩きたくなかった。

フロントガラス越しに、運転手の顔が見えた。

ここに客がいるぞと、挙げた手を一層伸ばす。

しかし、運転手はまっすぐ前に顔を向けたまま、微動だにせずハンドルを握り続けた。

　おい、と声をかける。目に入っていないわけがないだろう。結局、タクシーは路肩に停まる気配を一切見せず、むしろ速度を上げるようにして、目の前を通り過ぎていった。

「何だよ、おい」

　そんな悪態すら、誰の耳に届くこともない。

　それからしばし待って、遠くの信号が二度変わった頃に、ようやくもう一台のタクシーがやってきた。

　今度は早くから、ほとんど跳ねるようにして、背伸びして手を伸ばした。

　しかし、タクシーは先ほどと全く同じように、じぶんの目の前を通り過ぎた。

　頭が真っ白になった。

　二台のタクシーの運転手は、もちろん別の人物だった。

　しかし、驚くほど似たような、一切の関心を失った表情でハンドルを握っていた。

　じぶんの体は、透けて消えてしまったのではないか。そんな風にすら感じた。

　仕方がなく、タクシーを拾うことを諦めた。

　橋の向こうを見渡す。長い橋だ。この橋をまたじぶんは、歩いて渡らなくてはならないのか。

もう、これっきりだ。

いったい何がこれっきりだかじぶんでもわからぬままに、とにかくそう思うことで何とか一歩を踏み出した。

梅雨時の川風はいっそう強く吹きつけてきていた。北風のように厳しくはないが、夏の汗を乾かす爽やかな風でもない。重たかった。油断すれば身を押されて、車道の側へとよろけてしまいそうになる風だった。

温《ぬる》い、湿度のある風だった。

そうしてしまおうか。

そんな考えが頭をよぎった。じぶんの歩んできた道は、全て間違いだったのだという思いが胸から湧き出して、全身を満たすようだった。

あくせくして足袋を作って暮らした親父のようにはならないと、大きな会社に入った。そうして随分上り詰めた。妻と娘にも恵まれた。

しかし、その妻は今、じぶんを捨てて、新しい相手に心を寄せているらしい。娘はといえば、父親の努力が結実したマンションを嫌い、じぶんが捨てるようにして出ていった古い小さな実家を好み、お袋に敬意を抱いている。

多くの人が勝ち組と呼ぶような細い道を、なんとか歩んできたはずだった。いや、こんな思いを抱いている時点でじぶんはもう、負け組なのだろうか。よく分からなかった。上も下も分からない渦の中に今、じぶんはいた。それならばいっそ、真っ直ぐに流れる川にでも、何十キロという速度を緩めることなく車が走る道にでも、飛び込んでしまえばいいのではないか。そう思った。容赦ない流れはこの体を、苦しみから遠いどこかへと運んでいってくれそうだった。

ふと、風音の中に人の声が聞こえたような気がして、視線を上げた。

橋の真ん中あたりの欄干にもたれかかる人影があった。

白い髪と髭。焦げたような肌色。汚らしい身なり。

昼間、川沿いのベンチに座っている時に話しかけてきた、あの男がそこにいた。

男は覗き込むようにして川を見ていた。

右手に緑色をした酒瓶を持っているのがわかった。

姿勢良く立っていた昼間の彼とは違い、背は丸まり、足元がおぼつかないのか、すっかり欄干に寄りかかっている。

気づかれる前に通り抜けようと思い、早足になる。

しかし、まるでそれを見越したかのように、男はこちらを振り向いた。

その瞳はとろんとして濁っていた。

しかし一切の視線をくれなかったタクシーの運転手たちと異なり、男ははっきりと、こちらの目を見据えていた。

「先ほどはどうも」

無言で通り過ぎるのも気が引けて、そう言って軽く頭を下げる。

男は変わらず、遠慮なくこちらの顔をじっと見ていた。

そうして脇を抜けたその瞬間、男はいきなり大きな声を発した。

「せんきゅうひゃくよんじゅうごねん、さんがつとおか！」

背後から聞こえた声にぎょっとして、立ち止まる。

「えっ？」

そう言って振り返ると、男はもう欄干に寄りかかるのをやめて、二本の足で立っていた。

男が先ほど口にした言葉が、頭の中で形を結び始める。

一九四五年、三月十日。

「超低空飛行のB29が次から次へと落とした、千七百トンの焼夷弾！」

そう言って男は右手を伸ばし、空になった酒瓶を飛行機に見立てて、足をふらつかせながらぐるりと一周させる。

「あ、下町に空襲があったんですよね」

宥《なだ》めるようにしてそう声をかける。

男の吐く息からは、はっきりとアルコールの匂いがした。顔は赤らみ、目つきはおぼろだった。

「一面の火の海！」

男は空いている手を伸ばして、この橋が、あちらの河原が、そして川面までもが、燃え盛る炎に覆われたことを示そうとしている。

「人間がカンナ屑のように燃えていく」

今度は腕を躍らせるようにして、炎の様子を表した。

すっかり正気を失っている。何を話したところで、通じないに違いない。

そう思い、とにかくもうこの場を去ろうとして、頭を下げた。

すると男は詰め寄ってきて、胸元を摑んでくる。

「どこに逃げていったらいいんだ！」

真っ直ぐにこちらを睨んで言う。

決して離さないというように、男の手に力がこもっていることがわかる。

恐ろしかった。

下手に刺激しては危ないと思い、理解していることを示そうと、顔を何度も頷かせる。

「橋の上、向島から浅草へ、浅草から向島へ。大群衆は押し合いへし合い、押し合いへし合い、阿鼻叫喚！」

右へ、左へ、右へ、左へ。そして、天を仰ぐ。

男の身動きに引っ張られる。

七十八年前の光景を今まさに前にしているような目を、男はしている。

その視線の向かう先を、じぶんも目で追う。

幼い日のこの男が目撃した出来事を、それを追う視線の動きばかりで追体験する。

「熱い、熱い」

「大丈夫ですか？」

男は本当に苦しそうな声で叫びながら、身を屈める。

「熱いよお」

「おじさん、大丈夫ですか？」

呼びかけるこちらの声が届いているそぶりはなかった。救急車を呼んでやるべきなのではないかと、頭をよぎった。

やがて屈めていた身を起こすと男は、今度は背中に回りこんで、しがみつくようにしてくる。

「俺は親父の背中にしがみつく」

肩を握る手の力のあまりの強さにたじろぐ。

相槌《あいづち》を打とうとしているのに、恐れか戸惑いかによって、えあ、とか、はあ、とかいう声だけが漏れて、うまく言葉にならない。

「火の玉が走る！」

夕日に染まっている周囲の実際の景色も相俟《あいま》って、男が今まさに見ているのに違いない幻影の火の海が、じぶんの目にも見えるような気がしてくる。

「親父の髪の毛が、うわわわあ、うわわわわあ……焼けていく」

川沿いに植わる木々が、その身に火を纏っている。

木々は人を焼く炎をあちらからこちらへと、手渡すようにしてどんどん広げる。

いや、木々のそのような助けは必要なかったかもしれない。

炎が燃え広がる隙さえないほどに、数え切れないほどの焼夷弾が絶え間なく空から落ちてきて、木々も、家屋も、橋も、人も、満遍なく焼いていく。

突風に煽られる炎は意志を持った山のように膨らみ、こちらからあちらへと裾野を広げ、稜線をめちゃくちゃに変える。一度向こうに去ったかと思えば、また舞い戻ってくる。

男の虚ろな視線の動きが、そうした炎のありようを伝えている。

赤富士か。

そう耳にした記憶が、また甦った。いつかの銭湯で耳にした、親父の暗い声だった。銭湯の壁に大きく描かれた真っ赤な富士は、親父の目に違うものに見えたのかも知れなかった。

その時、誰かがこちらに駆け寄り、声をかけるのが聞こえた。

「おじさん、おじさん。通行の邪魔だから向こうに行こう」

その声のおかげで、じぶんは男とともに見ていた幻影から離れ、現実の橋に戻ってくることができた。

声の主は警察官だった。メガネをかけた、線の細い風貌には見覚えがあった。

男はしかしその声がけにも構わず、今度は欄干に足をあげようとする。

「危ない、危ない！」

警官と二人で、男の体を取り押さえる。

「ひなげしの会」の集いでやって来ていた巡査だと、その時思い当たった。

巡査は男の体を抱えるように腕を回して、宥めようとする。

そうしてこちらに顔を向けて言う。

「この人、下町の大空襲の時に、この橋の上から川に落ちて、それで助かったって言うんですよ」

巡査は慣れたものなのだというように、困った笑みを浮かべた。

男が川を見下ろすのをやめて、振り返って言う。

「お前はどこにいたんだ、巡査だろう。何してた」

「ぼく、まだ生まれてなかったんだよ」

男は納得したような、まだよくわからないような、曖昧な表情を浮かべている。

「さあ、早く行ってください」

巡査にそう促されて、最後に男に声をかける。

「おじさん、お話の途中ですが、失礼します」

そう言って振り返り、あとは巡査に任せることにする。

「早く帰れ！」

何歩か進んでから、背後でそう叫ぶ声が聞こえた。

「女房、子どもが、腹減らしてお前の帰りを待ってるぞ！」

知美。舞。

二人の顔が浮かんだ。

そうして浮かんだ顔は一体いつのどんな場面の二人の顔なのか、いや、それともこれまでに目にした全ての知美や舞の顔が、溶け合って一つのイメージを浮かべているのか——なんであれ、その全ての知美と舞は、もはや遠くへと過ぎ去ってしまった。

これから帰るマンションに家族三人が揃うことはもう決してないのだと、その事実を男の言葉が突きつけていた。

「誰も待っちゃいないんだよ！」

巡査が耳にしているのも構わず、そう叫び返した。

「あんたと一緒だ」

そう吐き捨てるように言って、歩き出した。

男がまた欄干に身を乗り出したのか、危ない危ない、と言う巡査の声が、そして酒瓶がコンクリートの地面に転がる高い音が、背後に聞こえた。

また一陣の川風が吹いた。変わらず重たく吹きつける風を押し退けるようにして、一歩、また一歩と踏み出して、橋を渡った。

10

毎朝、スマートフォンのアラームが鳴る五分前には不思議と目を覚ます。ベッドの中で仰向けになって天井を眺めながら、ただぼんやりとして五分間を過ごす。

アラームが鳴るとすぐさま体を起こして、真っ先にキッチンへと向かう。コーヒーメーカーに水を注いで、スイッチを押す。トースターに食パンを一枚入れて、つまみを三分半に合わせる。

そのままカウンターについて、腕を組み、パンとコーヒーができあがるのをじっと待つ。

この二週間で、そんな朝食を取ることが習慣になっていた。

別に腹が減っているわけではない。バターを塗っただけのトーストとコーヒーでは、さして健康に良い訳でもない。

それでも、朝起きたらとにかく、腹にものを入れた。そういうものなのだとじぶんに言い聞かせた。

顔を洗い、髪に櫛《くし》を入れる。シャツはいっぺんにたくさんクリーニングに出しておいて、戻ってきたものを順に着ていく。ネクタイを選ぶ。前日とは違う種類を選んで首に巻く。

最寄駅から通勤する際には必ず一本、電車を見送った。

見送ったからと言って、座席につけるわけではない。それでも、すでに満員の車内に無理やりじぶんの体を押し込むのと、先に車内に入り、後ろの客から押し込まれて潰れるのとでは、気分が違った。

会社では、件《くだん》の希望退職にまつわる手続きが、ほぼ全て完了していた。

それでも仕事は尽きなかった。

機構改変に伴う各部の人員調整はまだ続いていた。例年通り、梅雨明けに退職を申し出た新入社員が、数人いた。九月の中途採用試験に向けた準備も進んでいた。

それらの山積みの業務を、淡々と進めることを心がけた。

部下との打ち合わせ、人事面談、書類の確認、上役への定例報告——すべての手続きをじぶんなりに、丁寧に進めた。

この会社にいる実に多くの社員が、それぞれの立場で、それぞれの問題と直面していた。そして、人事部部長であるじぶんに対して、その窮状を訴えていた。

しかし、焦ってはならないのだと、じぶんに言い聞かせた。取り組むべきことに一つずつ、時間をかけて向き合った。

退職を願い出た新入社員については、一人はもう少し頑張ってみますと言ってくれた。もう一人は、こちらが慰留するのも厭《いと》わしそうにして、辞表を取り下げることはなかった。

できることと、できないことがあった。今はただできることをしようと思い、仕事に励んだ。

会社を出るのは、早くとも夜の九時頃だった。背後のガラス越しに差してくる光の移ろいで、昼が過ぎ、夕暮れになり、夜が訪れるのがわかった。

家に帰ると、朝同様に一人カウンターに向かって、夕食を取った。

デリバリーを頼むことは減った。簡単でも野菜と肉を炒めたり、麺を茹《ゆ》でたり、スーパーの惣菜をいくつか組み合わせて食べたりした。

時折、デリバリーでよくやってきた青年のことを思い出した。

いま頃、卒論に取り組んでいるだろうか。あるいはやっぱり、アルバイトに励んでいるのか。少しは遊ぶ余裕ができていたらいい、恋人の一人や二人できていたらもっといいと、そんな風に想像を膨らませた。

夕飯を終えると、湯に浸かり、歯を磨き、清潔なパジャマを着て、ベッドに入った。

家に帰ってからそれだけの用を済ませるだけで、ゆうに日付が変わっていた。すんなり眠れることは少なかった。多くの物事について考えを巡らせてしまった。そんな時には、頭の中で、実家にあるあの赤いラジカセを思い浮かべた。押すとカシャっと音のするボタンを押して、音楽を流した。楽しい歌でも、悲しい歌でも、思い浮かんだ古い歌をイントロからAメロ、Bメロ、サビ、と辿った。

そうして辛抱強く待っていると、天井の暗がりから額の真ん中に注ぎ込まれるようにして、眠りがやってきた。

全身の力を抜いて、深く息を吐く。すると、ゆったりと流れる川に浮かぶような感覚とともに、深い眠りに落ちることができた。

じぶんは、現実逃避をしているのだろうか。

実務的な作業にばかり励み、淡々と日々を過ごすことで、また大きな問題から目を逸らしているのだろうか。

食パンを齧っている時、電車に揺られている時、デスクに向かい部下の作った資料に目を通している時、あるいは夜中に湯船に浸かっている時——昼夜を問わず、そんな疑問が頭に浮かぶことがあった。

そうかもしれないと思った。一方で、少し違うような気もしていた。

こんなじぶんだから、つまり、こんな現状を築いてしまったじぶんだから、逃避はしているのに違いない。

それでも同時に、今じぶんは、何かの準備をしているのだという気がしていた。

それが何の準備であるのかは、分からなかった。分からないぶん、一層淡々と、目の前のことに熱心に向かうようにした。

娘の舞が電話をかけてきたのは、日曜日の晩だった。

その日は、日中からマンションの部屋の掃除をしていた。ロボット掃除機に任せず、じぶんの手で掃除機をかけた。水拭きのできる市販のフロアワイパーを買ってきて、床を磨いた。

空き缶もずいぶん長い間、キッチンカウンターの脇に溜めてしまっていた。一つひとつ、中身を水で洗い、ゴミ袋に詰めた。ペットボトルも同じだった。せっかくいつでも捨てられるゴミステーションがあるというのに、いつでも捨てられるからこそ、結局はこうして溜めてしまう。

便利であればいいということはないのだ。たくさん詰め過ぎたゴミ袋の口を無理やり縛りながら、そう思った。お前が使いこなせていないだけだと、そう誰かに言われてしまいそうだった。しかし、だからこそじぶんに使いこなせる便利を選ばなくてはならないのだと今は思う。

ゴミ捨てを済ませてから、いよいよ本丸だと思い、部屋のあちこちを彩っている鉢植えに向かった。

それらはどれも知美が育ててきたものだった。

住宅街の軒先で見るような植物もあれば、幹や枝が複雑に絡まりあった珍しいものもあった。

花を咲かすものは少なかった。そのことを、知美に尋ねたこともあった。

「うちの植物は、どうして花を咲かせないんだろう?」

「そういうのを選んでいるの。観葉植物って、そういうものよ」

そんなやりとりの後に、知美は、それに花が見たいわけじゃないの、と呟いた。

あの時、それ以上は聞かなかった。今になって、もう少し話を聞いておけばよかったと思った。

知美は、この植物たちのどんなところが好んでいたのだろう。

考えてみればじぶんは、部屋のあちこちにある植物の名前を、一つとして知らないのだった。

この半年、気まぐれに水をやるぐらいのことはしてきたが、それでも明らかに葉を減らしてしまっているものや、黄色や茶に葉が変色して、萎れてしまっているものが出てきていた。

じぶんで世話をしていけそうなものは、そうしよう。しかし、これだけの数を育て続けるのは、無理があると思った。

スマートフォンで調べてみると、植物の写真を撮ることで、その名前や手入れの方法がわかるアプリが見つかった。これは便利だった。次から次へと、植物にカメラを向けてみた。

サンスベリア。ビカクシダ。グレビレア・ココナッツアイス。

た。

ああ、これは名前を知らなくても仕方がないなと思うものが多くて、小さく笑った。

シルクジャスミン。ゼラニウム。ホワイトセージ。

アプリの画面には、元気よく育った植物の写真も表示されていた。そうした例と比べると、この部屋にある植物は、どれもひどく元気をなくしていることがわかった。

申し訳ないと思った。

比較的手入れの簡単な、栄養剤を使えばまだ元気を取り戻しそうなものと、じぶんの手では難しそうなものを選り分けた。調べると、植物のゴミ出しというのは、ゴミ袋に入る大きさに茎や枝を切り分けて、燃えるゴミに出せばそれで済むようだった。

今日のうちにそこまでするつもりはなかった。知美が引き取るものもあるかも知れないし、他に貰い手が現れないとも限らない。

今一度水をやり、萎びた葉をちぎった後は、一段落ついたと思い茶を淹れた。湯呑みを手に、ソファに座ってぼんやりとして過ごした。

これから、どうなるんだろう。そう考えながら、それぞれに葉を広げる植物を眺めた。お前たちも、そして俺も。

そうしているうちに、日が暮れた。綺麗になったキッチンで、ツナ缶を使いスパゲティとサラダを作って食べた。缶ビールを二本飲んだ。つまらないお笑い番組を眺めている時、スマートフォンが震えた。

電話口の舞はしばらくの間、無言だった。

おい、どうした？　そう声をかけても返事がなかった。

何かあったのかと、さらに呼びかける。すると、ぐすっ、ぐすっ、という小さな音が聞こえた。

舞が静かに泣き声を漏らしていることがわかった。

怪我でもしたのか、大丈夫なのか。焦ってそう問いかける。

「あのね」

やがて絞り出すような声で、舞が言った。

「私がいけなかったのよ」

そう口にすると、舞は堰《せき》を切ったように泣き出した。

まず落ち着くんだ。大丈夫だから。

事情は分からないまま、頭に浮かぶ言葉をとにかく繰り返し伝えた。

娘の泣き声はなんであれ、胸を締め付けた。それは赤ん坊だった頃と変わりなかった。おむつか、ミルクか、それとも抱っこか。どうにかしなくてはという思いが、胸が苦しくなるほどに募るのだった。
今どこにいるんだ。お父さん、すぐそこまで行くから。
そう声をかけると舞は、ううん、と言う。
「おばあちゃんがね、おばあちゃんがね」
喉を詰まらせながら舞が言った。
まさか――。
「おばあちゃん、倒れたのか？」
慌てて尋ねると、違うのよ、と舞はすぐさま否定した。
「おばあちゃんが、失恋してしまったの」
舞は言った。
ポカンとするばかりで、しばらく何も口にできなかった。
お袋の、失恋。
人生でそんなことが起きるだなんて、考えたことすらなかったのだ。
母親の恋の顚末《てんまつ》について、舞は少しずつ言葉にしていった。
慌てて話そうとするので、時折声をかけて落ち着かせた。
涙で声が詰まっている間は、こちらはただ静かにして、再び話し始めるのを待った。

今日、日曜日、母親はあの荻生牧師と、隅田ホールにピアノのコンサートを聴きに行った。

誘ったのは荻生牧師だった。

教会の信者さんにチケットを貰ったから。福江さんにはいつも、とてもお世話になっているから。

そんなたくさんの前置きをしながらもついにデートに誘ってくれたのだと、母親は嬉しそうに、恥ずかしそうに、荻生牧師の口ぶりまで真似て舞に話したそうだった。

何を着ていこうかしら。和服ではちょっと、かしこまってしまうものね。おばあちゃんのお着物、とっても素敵よ。コンサートなんだからお洒落していかなくちゃ。

母親はまるで女子高生のようにはしゃいでこの日を楽しみに待っていたと、舞は話した。

そして今日の夕方、舞が用事から帰ってくると、母親は着物姿のままで、居間の座卓に伏せていた。

具合悪いの？　舞が尋ねると母親は、少し歩いて疲れただけだと言った。

コンサートどうだった？　その質問に母親は視線を落として、座卓の上に置いてあったコンサートのフライヤーに手を伸ばした。

よかったよ、ショパンのノクターン。

明らかに様子がおかしかった。何か悲しいことがあったのだと思った。しかし、それを直接尋ねることが、できなかった。

舞は、居間の電灯を点けようとした。

すると母親は、そのままにしておいて、と鋭い声で言った。

舞は夕食を友だちと食べる予定があったので、すぐに家を出た。

だから、事情を聞いたのは先ほど、母親のことが気にかかり早めに予定を切り上げて、家に帰ってきてからのことだった。

「荻生先生は、故郷の北海道の教会に行ってしまうんだって」

すでに寝室に引き上げていた母親に舞がそっと尋ねると、そう返事があった。

「今日、誘ってくださったのは、それを言うためだったのよ」

そんなのひどい、だって——。

そう慰めようとする舞のことを、母親は、疲れたからもう寝たいのだと言って、追い払った。

私のことは、心配しなくていいから。おやすみ。

おやすみ、と返事をしてから、舞は一人家を出た。そうして近所にある高架下の公園で今、電話をしているのだと舞は話した。

そこまでどうにか聞き出してもまだ、舞は泣き止まなかった。

私がいけなかった。無責任におばあちゃんを焚《た》きつけてしまった。私のせいでおばあちゃんを、深く傷つけてしまった。おばあちゃんはもう「ひなげしの会」の活動を辞めてしまうかも知れない。おばあちゃんは、生きがいをなくしてしまうかも知れない――。

舞はそんな風にじぶんのことを責めた。

なあ、おばあちゃんは大丈夫だよ。そう声をかけると、舞は言った。

「パパは、おばあちゃんがどれだけ荻生先生のことが好きだったか、わかっていないのよ」

おばあちゃんがどれだけ、ボランティアの最中、荻生先生のことを優しい目で見つめていたか。

おばあちゃんがどれだけ、コンサートの後に寄る喫茶店選びに、悩んでいたか。

おばあちゃんがどれだけ、荻生先生にあげる上履きを丁寧に縫っていたか。

それだけはわかる。舞が話すのを聞きながら、胸の内でそう思った。軽いお義理では作れない足袋を、じぶんも見た。

おばあちゃんは、真剣に悩んでいたのよ、と舞が続ける。

「おじいちゃんの使ってたミシンで、牧師さんの上履きなんか一生懸命作ったりして、おじいちゃん怒るかな——って」

そうか、お袋はそんなことまで考えていたのか。

そんな風に悩むほど、あの牧師のことを好いていたのか。

「そっか、おばあちゃん、そんなに悲しんでいたのか」

電話口の舞がようやく落ち着いた頃、そう言った。

暗い部屋で布団に臥《ふ》せている母親のことを想像した。

失恋し、落胆している母親のことは、やはり気の毒に思えた。

けれど——お袋には申し訳ないが、やっぱり安堵していた。

七十を過ぎた後家の母親が、新たな恋を、新たな生きがいを得たとしたら、息子として喜んでやらなくてはいけない。

今では、そうわかっていた。しかし、実際に恋が走り出した先に待つものを考えると、どうしても恐れる気持ちが優った。

ともかく、すべては終わったのだ。

そう息をつけた思いでいるじぶんがいることは、否定しようがなかった。

同時に、また全く別の感情が胸を占めていた。

それは、嬉しい、という気持ちだった。

母親の恋が終わったことに対してでは、もちろんなかった。

娘の舞が、これほどまでに祖母のことを思いやれること。自らの行いに反省の目を向けられていること。そうした舞の成長を感じて、胸の奥がじんとして、熱を持っていた。

舞はまだ電話の向こうで洟《はな》をすすっていた。

その舞に向けて、言う。

「おばあちゃんがそれほど悲しんでいる時に、お前がそばにいてくれて、よかったよ」

すすり泣く声が、ひと時止まった。

舞がこちらの言葉にしっかりと耳を傾けているのが、なんとなくわかった。

「明日にはきっと元気に起きてくるだろうから、またおばあちゃんの話、聞いてやってくれるか」

そう話すと、電話の向こうで吹く風音に紛れて、小さな声で、うん、と呟く声が聞こえた。

「ありがとう、舞」

風邪をひかないように、早く家に帰って寝るんだぞ。

そう最後に伝えて、電話を切った。

しばらくの間、通話を終了したスマートフォンの画面を見つめていた。

舞が電話で話していたことを頭の中で反芻《はんすう》した。

舞が口にしていた祖母に対する思いやりの言葉を、その温かさを確かめるように、何遍も思い出した。

何か大切なことを、舞が教えてくれたと感じた。

それは懐かしい感覚だった。

育てているはずの親が、むしろ子どもの方から、多くのことを教わっている——舞がまだ幼い頃には、日々、そんな風に感じて過ごしていた気がする。

そう感じなくなったのはきっと、舞が変わったためではなかった。

いつの頃からかじぶんたち親の方が、舞にたくさんのことを教えなければいけない、正しい道を示してやらなくちゃいけないと、姿勢を変えてしまったのだと思った。

ソファから立ち上がり、キッチンに残っていた洗い物を済ませた。

それから湯に浸かり、歯を磨いた。

リビングの電気を消すと、広い窓の外から差し込む月明かりが、暗がりに茂るいくつもの植物を浮かび上がらせた。

少しの間、それを眺めた。

青々とした植物も、萎れている植物も、その身に仄《ほの》かな月明かりを映して輝いていた。

どれもが美しいと思った。

寝室に行き、ベッドに寝転がった。

ベッドサイドに置いてあるランプだけを点して、暗い天井を眺めた。

この一ヵ月ほどに起きたたくさんのことを、いちいち思い出すというよりも、左右の壁にたくさんの絵画が飾られた美術館の通路を抜けていくようにして、振り返った。

やがて、このしばらくの間、規則正しい生活を送りながらじぶんが準備していたものが何だったのか、ようやくわかった気がした。

一つの決心が固まった。

手を伸ばして、ベッドサイドのランプを消した。

その夜は寝つくのに苦労することはなかった。晴れた日の川の流れのように何に阻まれることもない深い眠りへと、真っ直ぐに落ちていった。

11

ほとんど最上階に位置するフロアには、役員たちの使う会議室が端から端まで並んでいた。

床からして、普段働いているフロアとは違っていた。ホテルのロビーのように毛足の長いカーペットが敷き詰められていて、踏み出す足を飲み込むようだった。

ソファもまるで違っていた。一人がけの黒い革張りのソファは、高級品であることに疑いの余地はなかったが、人を包みこみ、リラックスさせるようなものではなかった。フォルム、座面の硬さ、肘掛けの位置――それらにはむしろ、座る者の背を押し出して、正面に向かう交渉相手へとけしかけようとする意思を感じた。どの部屋にも絵画がかかっていた。美しいといえば美しい、害のない風景画ばかりだった。しかし、こうした会議室の中ではそうした絵画も違って見えた。遥か階下に広がる市井《しせい》の風景をひとつ見物でもしてみようじゃないかと、巨大な指でつまんできて、ここに置いてみただけのサンプル。そんな傲慢な佇まいがあった。

そうした会議室の一つで、入り口の扉に最も近いソファに浅く腰掛けて、じっと待っていた。

これから言いつけられるであろうことは、もう何度も想像してきた。答えるべき内容も、諳《そら》んずることができるほどに考え抜いた。

何も恐れる必要なんてない。そう思っているのに、手の指先は冷えて固まり、落ち着こうと思いゆっくりと吐く息が、細かく震えた。

ノックの音がしたと思ったら、隣の会議室だった。

神経が昂《たかぶ》っていた。何も恐れる必要なんてない。もう一度そう思った。

やがて、今度は本物の、この部屋の扉をノックする音が聞こえた。

先に入ってきたのは、秘書の女性だった。

この役員会議室に来るようにとじぶんに連絡をしてきたのも、この秘書だった。転職してきてまだ一年も経っていない。平然を装っているその顔には、わずかに怯えが滲んでいるのがわかる。

続いて入ってきた久保田は、平然を装うことも、繕うこともしない、はっきりとした不機嫌をその顔に浮かべていた。

ソファから立ち上がり、頭を下げる。

「まあ、座って」

久保田が言う。促されるままにソファに腰をかけると、久保田の方はその場に立ったまま、滔々と話し始めた。

「例の木部君のことだけどね。総務部から連絡が来て、彼の早期退職に伴う割り増し退職金の計算をしているが、変じゃないかと言うんだ」

何の前置きもなかった。

何かと婉曲《えんきょく》し、物々しく、かつ形式張ったこの会社内で、久保田のこの率直な人柄をじぶんはこれまで、気持ちがいいと感じてきた。

久保田は部屋の奥に向けて歩き出して、続けた。

「当然だよ。懲戒解雇なんだから、退職金の割り増しなんか無しだ」

そう言って、二つ隣のソファにどっしりと腰を下ろした。腕に持っていたジャケットは、斜め向かいのソファへとぞんざいに放った。

「どう言うつもりなんだ」

そう問いかけてくる。

向かい合うのではなく、隣に並ぶソファに座っているために、久保田の表情は窺い知れない。しかし、彼の中で刻一刻と膨らみ続ける、苛立ちの気配ははっきりと感じ取ることができた。

まだじぶんが係長だった頃から何故だか高い評価をくれ、部長まで引っ張り上げてきてくれたのが、この久保田だった。

彼が他の社員に苛立ちをぶつけている場面は、何度も目にしてきた。しかし、その対象がこちらに向いたことは、これまで一度としてなかった。

回りくどい言い訳をしたところで通じないだろう。そのことは、十分にわかっていた。

久保田の方へと、体を向き直して座る。そうして、何遍も頭の中で考えてきた言葉を口にする。

「私は、今回の木部君の事件は、懲戒解雇には値しないと思います。あくまで事故であって、彼の故意ではない。二十六年にわたる木部君の、わが社の販売戦略における貢献を考えれば、あの程度の事故で懲戒解雇は行き過ぎた不当人事と言っていいと思います」

言葉を細かく区切りながら、一文一文をタイプライターで打ち込むようにして、そう話した。

久保田は話の途中から、不機嫌な顔も取っ払って、ただただ驚いた顔をこちらに向けていた。

もともと丸い顔をしているのが、目が丸くなり、口も開いて丸くなっていた。それに、眼鏡まで丸い——頭の片隅にはそんなことを思っている、どこか冷静なじぶんもいた。

久保田は荒くなる息を落ち着けるようにして、口をひらく。

「だから、どうすると言うんだ」

「私の判断で懲戒解雇は取り消し、予定していた希望退職の手続きを進めるよう、指示しました」

月曜日の朝いちばんに、その手続きを行なった。まだ誰も出社してきていない早朝のオフィスで、普段は部下たちが行う事務作業を、じぶんの手でした。

夕方、そのことに気がついた部下の原が、本当にいいんですねと尋ねてきた。

いいんだ。ただ一言そう伝えただけで、原はそれ以上尋ねることなく、わかったというように頷いた。ありがたいと思った。

それから三日が経った。ようやく事情が久保田に伝わり、そしてつい先ほど、緊急の用件だと言って、この場に呼び出された。

久保田は顔を赤くさせて、ソファから立ち上がり、叫んだ。

「君は何を考えてるんだ！　……ちょっと、席を外してくれ」

そう言って、入り口の扉の前で固まっていた秘書を、外に出させる。

「木部君の処分は、役員会で決めたことだぞ。それを君が勝手に取り消すなんて、できるわけないだろう」

久保田はまっすぐこちらの目を見下ろしながら、言った。

目は逸らさない。そう心に決めていた。何も恐れる必要はないのだ。

「私は人事部長の責任において、手続きをいたしました」

久保田は小さく息を吐いた。不機嫌も、苛立ちも吹き飛んだ、ただの戸惑いをその顔に浮かべていた。

「どう責任を取るつもりだ」

久保田が言った。

「どんな処分も、受ける覚悟です」

久保田の目を真っ直ぐに見つめて、そう言った。

それまでは迷いの浮かんでいた久保田の瞳に、はっきりと力が込もり、こちらを睨むのがわかった。

久保田が一歩、二歩とこちらに近づいてきて、言う。

「当然、部長は辞めてもらうぞ」

久保田はこれまでに見たことのない、険しい顔をしている。

しかし、今のじぶんには久保田のその瞳の奥に、ほのかな怯えが潜んでいることが、よくわかった。

部長は辞めてもらう。その言葉はこの社内において、トランプの〈ジョーカー〉のカードだった。

それは全ての議論の終わりを意味していた。

久保田にしてみれば、こちらにどうにか引き下がってほしい、これまでと変わりなく、役員から平社員へと降る上意下達にしたがってほしい、川の流れに逆らわないでほしい——心の底からそう願っていることが、透けて見えた。

「はい」

そう返事をした時、久保田が息を呑むのがわかった。

彼にとっての最後のカードも通じず、途方に暮れているのがわかった。

この人もまた、この人なりに立場を守ろうとしているのに過ぎないのだ。

そう思うと、申し訳ないという思いが湧いた。

この人に世話になったのは、事実だった。それを反故《ほご》にしてしまうことは、残念だった。それでももう、じぶんの頭で考えて、じぶんの心に決めたことは、覆せなかった。

立ち上がり、久保田にあらためて向かい合う。

そうして、視線の高さを合わせて、言う。

「久保田さん、ぼく疲れました」

そう口にする時、自ずと笑みがこぼれた。

久保田が部長になったずっと以前からもう、久保田さん、と呼ぶことはなくなっていた。

以来、十年以上もの間、お互いに立場に相応しい言葉を、相応しい顔で、相応しい口調で口にするばかりだった。酒の場ですらも、その鎧《よろい》は脱ぐことができなかった。

今、それらの鎧をようやく脇に置いて話すことができると思えた。

「もともと今の職には、向いてなかったのかもしれません」

失礼します。そう言って、深く頭を下げた。

久保田はまだ言葉を失っていた。

いつか一度だけ、彼が酒の席で、趣味の登山について話してくれたことがあった。膝を壊してから登れていないが、若い頃に登頂したという南アルプスの険しい山について、彼は嬉しそうに話した。

そんな話ばかりしていられたならば、きっと今、ちがう言葉を互いに交わすことができたのに違いない。そう寂しく思った。

そのまま振り返り、扉を開いた。扉の向こうでは秘書の女性が驚いた顔を浮かべて、そこに立っていた。

彼女にも頭を下げて、廊下を歩き出す。

そこまで来てようやく、詰まっていた息を吐くことができた。

歩くじぶんの足元を見る。いつもの革靴が、廊下の端の窓ガラスから差し込む光を受けて、鈍く輝いている。

足袋屋の息子だから、足元ぐらいはきちんとしていたい。足袋屋を継ぐことはできなかったからこそ、そう思ってきた。

新入社員には生意気な高い靴を給料を割いて買ったことを、今でもよく覚えていた。

こんな靴を買えることも、もうないかも知れないな。そんな風に思いながら、そのことの寂しさと、そのことの気楽さとの両方を感じていた。

それにしても、われながら、よくあんな台詞《せりふ》が言えたものだと思った。

昼飯を食いに表に出たら、梅雨明けの空がとても高くて、青かった。

湯むきトマトの出汁漬け。枝豆と豆腐の冷製あんかけ。胡麻《ごま》ときゅうりの和風バンバンジー。

そんな大皿の料理が並ぶのを前にして、一ヵ月ほど前と同じ三人でカウンターに並んでいる。

お待ちどお、茄子《なす》の挟み揚げ。

店主がそう言って差し出す皿を、木部が受け取る。

もう茄子の季節が来たのかと、様々なことが目まぐるしく起きたこの数ヵ月を思った。

冷酒の入った徳利を、木部に向けて差し出す。彼は猪口を持った手をこちらに寄せながら言う。

「お前にまた借りを作っちゃったな。本当、申し訳ない」

ことの次第が明らかになって以来、木部はもう何度となく、申し訳ない、と繰り返していた。

もういいんだって。いくらそう言っても聞かないので、言うがままにしていた。

「またって、前にも何かあったんですか」

原がそう尋ねる。

木部が恐る恐るというように話し始める。

「学生時代に、ラブレターを代筆してもらったんだ。俺、字が下手だからさ。その相手が、今の女房さ」

ピーマンの炒め物を口に運びながら、あんまり懐かしくて笑ってしまう。

木部は続けて言う。

「神崎、くれぐれもよろしくって言ってたよ、咲江が。お前にはもう頭上がらないって」

「何遍も言うなよ、同じことを」

咲江の顔が思い浮かぶ。

もうしばらく会っていないが、変わらず綺麗だろうと思う。シワが増えても、少し太ったとしても、あのタイプの美女は変わらず綺麗でいるような気がする。

「懲戒解雇のはずだった俺が系列会社に就職できて、罪のないお前が会社辞めて無職だなんて、学生の時と同じだよ」

「同じって、どういうことですか」

原がまた聞く。

木部の口からは言いづらいだろうと思い、じぶんで話す。

「ぼくの書いたラブレターでこいつは上手くいったけど、ぼくも好きだったんだよ、その咲江さんが。だからラブレター書きながら、ぼくはすでに失恋してたわけ」

そう言って、笑ってみせた。

「まあ、可哀そう」

原は本当に気の毒そうにそう言った。

木部の話す通り、懲戒解雇の処分は、取り消すことができた。

ことの次第を、真っ先に木部のもとへ行き、伝えた。

希望退職に応じてくれるな？　と、あらためて確かめた。

木部はマンションにやってきた夜のように、目も、鼻も、口も、全て溶けて流れていってしまうのではないかと思うほどに、泣いた。そして、何遍も頷いた。

とはいえ通常のプロセスでは、退職金の割り増しや、系列会社への紹介まで取り付けることは、至難の業だった。

本部長の小野寺や彼と懇意にする役員たちが、黙っているはずがなかった。

だから、じぶんの首を差し出すことにした。

そのことでは、久保田さんにも苦労をかけてしまった。

神崎の覚悟に免じて、木部くんの懲戒解雇の話はなかったことにしていただきたい。何もなかったものとして、一人の希望退職者として木部くんを扱ってやってもらいたい――。

役員会でそう話をしたのは、結局は久保田さんだったのだ。

再び目をしょぼしょぼとさせた木部が、口を開いた。

「こいつのこと、俺は出世主義者だなんて悪口言ったりしてたけど、本当はいい奴なんだ、昔から」

そう言って木部は鼻をすする。

「しょんべん行ってくる」

原の前で泣くのが恥ずかしいのか、席を立った。

首を差し出したことを悔やむ気持ちは、全くなかった。

だから木部はもう、申し訳ないと繰り返したり、涙を流す必要なんて、何もないのだ。

「泣いてやがる」

そう笑いながら、手酌で猪口に酒を注いだ。

一連の騒動で発見したことは、木部の泣き顔が、梅干しのようで、あるいはおでんのがんもどきのようで、可笑しくて、ちょっと可愛いということだった。

「君にはいろいろ迷惑かけたな。あとのこと、よろしく頼むよ」

そう言って、原の猪口にも日本酒を注ぐ。

はい、と言って彼女は猪口を二本の指で支えた。

発見したことといえば、この原が案外情に厚く、気安い性格をしているということもその一つだった。

いつも涼しい顔をして、多くの業務を苦もないようにこなしてみせる原のことが、実のところどんな人物なのか、これまでよく分からなかった。

しかし、じぶんが首を差し出すことになったと話した時、原は目に涙さえ浮かべてくれた。

意外だった。じぶんのことなどきっと、余裕のない、冷たい、その癖要領がいいわけでもない面倒な上司として、疎んじているものとばかり思っていた。

「でも私、ホッとしてます」

原は猪口を手に持ったまま、そう言った。

「どういうこと」

そう尋ねると、彼女は目を伏せた。

「この半年、部長はずっと苦しそうにしてらっしゃったけど、今はそれが、憑《つ》き物が落ちたような穏やかな顔になって」

そう言うと、原はこちらを見て微笑んだ。

「そうかい?」

なんだか気恥ずかしく思って、猪口に口をつける。

じぶんの顔つきを気にかけてくれている人がいるなんて、思ってもいなかった。

それから少し間を置いて、原は呟くようにして言った。

「部長の穏やかな顔、好きです」

からかっているのだろうと思い原の顔を見ると、彼女は穏やかな笑みを浮かべて、皿の上のあたりにぼんやりと目を向けていた。

嬉しさよりも何よりも、驚きが勝った。

一瞬の間を置いて、原はじぶんが口にしたことをようやく自覚したというように、視線をあげ、顔を赤らめた。

何か言わないと。そう思ったけれど、飲みかけの酒に咽《む》せてしまった。

笑って誤魔化しながら、徳利を掲げて言った。

「もう一本つけてもらおうか」

照れ隠しに立ち上がり、ジャケットを脱いで、言う。

「よおし、今夜は飲むぞ」

原は何事もなかったかのように、はい、お付き合いしますと言って、猪口の酒を飲み干した。

木部の運転する車の助手席に乗り、言問橋を渡った。

車に乗っていると、橋はあっという間に過ぎていった。欄干に遮られ、川面を眺めることもできなかった。

この間、母親に向かって大声を出して実家を飛び出して、そうしてこの橋を渡り、ホームレスの男に摑み掛かられたのが、もうずいぶん前の出来事であるように感じた。

もうたくさんだと、あの時思った。

母親や、知美や、舞や、木部や、様々な人と共にあるこの人生全て、もうどうなったっていいと、あの時のじぶんは思っていたのだ。

それで今また、母親のいる実家に向けて、この橋を渡っていた。

橋を渡る間、あの男がいないかと思いながら、窓ガラスの外を眺めていた。

破裂しそうなほどたくさんの缶の詰まったゴミ袋を、幾つも、幾つも自転車に括りつけて押す男の姿は、見えなかった。

もし見かけることがあれば、声をかけたいと思った。

楽じゃねえよ。生きてくのは。

あの男が、そんな風に言ったのを覚えていた。

それでもぼくたちが生きていくのは、どうしてなんでしょうね。

あの男にそんな風に尋ねてみたかった。

「なあ、これお母さんに」

車を降りる時、木部がそう言って紙袋を差し出してきた。

家のすぐそばの橋桁のあたりで、町内会の祭りでもあるのか、あたりには出店や提灯の飾りが並んでいるのが目に入った。

「くれぐれもよろしくな」

運転席から助手席の方まで乗り出してきて、木部が言った。

「木部がお詫びしてたって」

分かったよ。そう言いながら、この友とまたこうして手を振りあえることをひっそりと喜んだ。

細い路地を辿り、古い家並みを過ぎていく。

人の住んでいる気配のない、ほとんど崩れかけと言える家も少なくない。

いや、遠からず本当に崩れてしまわないとも限らないのだと思い、ひと時立ち止まって、あたりの家々を眺めてみる。

火災の延焼に液状化、それに荒川の氾濫《はんらん》。様々なハザードマップで赤い色で塗られているのがこのあたりの下町だった。

再び歩き出して、いつもの角を曲がる。

靴屋、惣菜屋、洋品店、それに鮨屋《すし》。

生まれてこの方、じぶんが育った通りが真っ直ぐに伸びている。

〈神崎足袋店〉

そう看板の掲げられた店の前に立つ。

この辺りはかつて、本当に焼け野原になった。

父親はその時、たまたま生き残ることのできた戦争孤児だった。

両親やきょうだい、育った家。何もかもを失って、それから戦後の食うに困る時期をどうにか越えて、父親は足袋屋の見習いになった。

やがて母親と出会い、じぶんの店を持った。そうして子どもが生まれた。一人息子を育て上げて、還暦を迎えて間もなく、過去について多くを語らぬままに、世を去った。

父親はたくさんの金を稼いだ訳ではなかった。

しかし、じぶんみたいに大きな組織に属することなく、苦労して身につけた腕一つでささやかな暮らしを築いた。

かつて強大な力によって焼き尽くされ、奪われたこの土地を、自らに必要な分だけ父親は取り返して、最期まで守り切ったのだ。

そんな父親の生きた軌跡のようなものが、今になってようやく、少しだけ分かる気がした。

店は暗かった。しかし、奥の居間は電灯が点いているのが、暖簾越しに見えた。

「こんにちは」

そう声をかける。家の中は静まり返っている。

「お留守ですか」

もう一度呼びかける。

鬱陶しがるような声が、家の奥から返ってくる。

「お留守の人は返事しないよ」

本当は舞から電話をもらって、母親が一人で家にいることはわかっていた。一人でいる母親を訪ねてきたのだ。

「そりゃそうだ」

そう言ってガラス戸を閉じて、家の中に入る。

母親は居間にはおらず、台所の食卓についていた。

両肘をついて、手の上に顔を載せている。

おかえり、も、今日はどうしたの、も言わずに、暗い顔を俯かせている。

「これ、木部から。この間のお詫びだってさ」

そう言って紙袋を掲げてから、座卓の上に置く。

食卓をよく見てみると日本酒の四合瓶が置かれていた。

「酒飲んでんのか」

そばに寄って、銘柄を見てみる。

それはいつか、知美が美味しいからと置いていった、新潟の酒だった。

「飲んで悪い」

母親は不貞腐れた声で言う。

「悪かないけどさ。飯食ったの？」

そう尋ねると、母親は気だるそうに首を振った。

「それじゃあ、ご一緒しましょうか。ご飯ぐらいあるだろ？」

台所の脇の棚の上にある炊飯ジャーを開いてみると、中身は空っぽだった。

「炊いてない」

「じゃあ、俺が炊くよ。二合でいいね」

そう尋ねたが、返事はなかった。

炊飯ジャーの内釜を手に取り、棚の下にある米櫃《こめびつ》から米を入れる。米粒がさらさらと釜を滑る涼しい音がする。

「舞から電話があったんだよ」

流しに向かい、米をさっと洗いながらそう声をかける。

「なんて」

「今日はおばあちゃんの悲しい日だから、慰めてやってくれって」

お願いよ、と舞は電話でしつこく言った。

全くどちらがこの母親の子どもだかわからないなと思う。

「行っちゃったんだろ、あの牧師さん」

白い髭を蓄えた、大学教授あがりの、真面目な牧師。

かつてミス隅田川ともてはやされていたこの母親から思いを寄せられながら、北海道の郷里に帰ることを選んだ男。

「行っちゃったよ」

間を置いて、母親がそう呟いた。

「後釜の牧師は外国人さ。英語でお説教されても困っちゃうよ」

拗《す》ねたような声で母親が言う。

こんな母親を見るのは、初めてのことだった。

「そんなに好きだったのかい、あの牧師さんが」

そう尋ねてみる。

水を張った釜を炊飯ジャーに戻して、早炊きのボタンを押す。

「それほどじゃないよ」

母親は少しだけ顔を上げて言う。

「あと五年、あと三年、そばにいてくれるだけでよかったのに」

そう話すうちに、母親は涙声になっていく。

「こういうどんでん返しをするなんて、神様も意地悪だね――」

言い切る前に、母親は四合瓶を勢いよく手に取った。

「ああ、ほらほら、もうやめた方がいいよ」

酒を注ごうとするのを止めながら言う。

しかし母親は、強い力で瓶を掴んで離さず、立ち上がった。

「邪魔しないでよお」

そのまま酒瓶とグラスを手に持って、居間へと逃げていく。

こちらに背中を向けて座卓につく。

「母さんはね、立ち直ろうとしてるんだ。昭夫、こんなとこ見るのが嫌だったら、どっか行って食べておいで。母さんは一人で喋ってるから。帰った頃には、酔い潰れて寝てるよ」

早口にそう捲《まく》し立てて、最後には自嘲するように笑った。

知らない母親がそこにいた。けれど今は何故だか、そんな母親を見ているのが、嫌ではなかった。

「木部さんは何を持ってきたの」

そう言って、座卓の上に置いた紙袋の中身を取り出す。

「佃煮だろ」

「お前、開けて。お皿と、お箸も持ってきて」

そう言いつけると、母親は空袋を手の甲で払って、畳に落とした。

「威張ってるねえ。気分がいいかい？」

言われた通りに皿と箸を食卓から持ってきて、母親の前に置く。

「母さんが威張ってるのなんて、見たことないだろ」

母親は何故か得意げな顔をして言った。

「悲しい目に遭ったんだから、威張るぐらいいいでしょ」

「はいはい」

そう言いながら、長椅子についた。

木部の土産の箱を開けてみる。

思った通り、桐箱に佃煮の瓶が三本詰まっていた。

「お前には分からない不幸が、色々あるの」

瓶の一つを母親は手に取って、そう言った。

「今朝はね、お新香切ってたら包丁が重たくて、重たくて」

酒に酔った母親はずいぶん饒舌だった。

「この瓶の蓋だって、きっともう開けられないよ。これが何の佃煮だかも見えない。書いてあることも読めないんだ。……ほら、やっぱり開かない」

母親は片肘を上げて、手に力を込めて見せる。

そのままこちらに瓶を差し出してくる。

それを受け取りながら、言う。

「それはね、やがて俺にだって訪れる不幸なんだから。それを自慢されてもねえ」

軽く力を込めると、蓋は簡単に開いた。

こういうのは、コツがあるのだ。蓋を持つ手ではなく、瓶を持つ手の方に力を入れて回す――そんな助言が頭に浮かんだけれど、今は口に出さないことにする。

「もっと、母さん特有の不幸を語れよ」

母親の前に瓶を置いて言うと、嫌そうな顔をする。

「特有の不幸だなんて気取った言い方して。そういうお前、嫌いだよ」

生意気な小中学生のような母親が、おかしかった。

「それで？ 俺には分からない不幸ってのは、何なのさ」

そう問いかける。

話を聞いてもらうことはあっても、母親の方の気持ちを、それも不幸について改めて尋ねたことなんて、これまでなかった。

「母さんが怖いのはね」

母親は身を乗り出すようにして話す。

「いつ死ぬか、ってことじゃないの。いつ歩けなくなって、いつ寝たきりになるかってことさ。何もかも人のお世話になるっていうのは、どんなに情けないことだろうねえ」

いつも元気に振る舞うこの母親が、そんなことを考えていたのかと驚く。

けれど母親の話す不安は、はっきり言ってまだよく分からなかった。

じぶんにはまだ、寝たきりになる日が来るまでの間にこそ、長く厳しい年月が横たわっているのだ。

「そういうことの起きる日がすぐそこまで来ているのに、まだ大丈夫、まだ大丈夫って希望をつないでる。その希望が――いきなりもぎ取られちゃうんだからね」

そこまで話すと、母親はいよいよ泣き出した。

こんな風に泣くのを見るのは、父親が死んだ時以来だった。

希望。

そうか、母親にとってあの荻生は、荻生への恋情は、希望だったのかと思う。

母親が手の甲で涙を拭《ぬぐ》う。嗚咽を漏らして、洟まですすっている。

舞よりも少し大げさで、しかし木部と比べればまだ、上品な泣き方だった。

「泣くなよ、みっともないから。ほらこれ食えよ、うまそうだよ」

佃煮を少しだけ箸で摘んで、手のひらに載せる。そのまま口に放り込む。

「うん。美味いよ、木部の佃煮」

へへ、っと声に出して笑ってみる。

実際、美味かった。希望とまでは言わずとも、今この時、ほんの少し悲しみを和らげてくれるぐらいには、美味い佃煮だった。

母親の酒瓶を手に取り、じぶんのグラスに注ぐ。

「それじゃあさ、今度は俺の不幸も聞いてもらおうかな」

そう言うと母親は立ち上がり、忌々しそうに言う。

「分かってるよ、離婚のことだろ」

舞から聞いたのだなと、すぐに分かった。

「今日、判子ついたんだ、離婚届に」

母親が小さく息を吐いたのが、背後の棚の方から聞こえた。

「そう、判子捺したの」

当たり前と言えば当たり前だが、これまで、離婚届というものを目にしたことがなかった。

離婚届にも証人が二人必要なのだと、初めて知った。

知美に相談するとそれでいいというので、木部とその妻に頼んだ。

それで今日、木部の住むマンションを、本当に久々に訪ねた。

想像していた通り、夫婦揃って床に頭をつけかねないような態度だったが、そんな二人にこちらから頼む事ができて、ちょうど良かったのだと思った。

ねえ、本当にいいの？　木部の妻の咲江が、心配げにそう尋ねてきた。

この離婚届が、もしかすると知美にとっての希望になるのかも知れない。

そう思うと胸は痛んだ。はっきり言って、腹立たしくもあった。

しかし、仕方がなかった。知美が育てようとしたあの植物だって、きっとそうだったのだ。

あのたくさんの希望をじぶんは一緒に、育てることができなかった。

いいんだ。知美のために最後、そうしてやりたいんだ。

そう言うと、咲江は頷いた。木部は瞼に手を当てていた。二人は証人欄に順番に名前と住所を記入して、判子をついた。

それから三人で、懐かしい話をたくさんした。

そのようにしていると、二十年前のじぶんに戻ることができたように錯覚した。

二人は夕飯を食べていくようにと熱心に誘ったが、離婚したばかりの俺が、浪人して頑張っている木部の息子と顔を合わせちゃ縁起が悪いと思って、彼が予備校から帰ってくる前に失礼することにした。

近所の郵便ポストに寄って、離婚届を納めた封筒を知美のマンション宛に投函した。

何故だか木部も、咲江もそれについてきてくれた。

普通郵便の受け口に間違いなく封筒を入れて振り返ると、木部が何故だかポストに向かい頭を下げていた。そのことに三人で、ひとしきり笑った。

盛夏の美しい午後だった。風は涼やかに吹いていた。

そのようにして、知美との二十一年間の結婚生活は、終わった。

「ちゃんと捺せたかい。緊張して、逆さまに捺したりして」

振り向くと、母親はハンカチを取り出して、涙を拭っていた。

「俺、上手いんだよ、判子捺すの。悔しいけどさ」

「そうか、毎日捺してるんだもんね、会社で」

母親の声が少し和らいでいた。

少し間を置いてから、言った。

「その会社も辞めたよ」

え？　という言葉を失ったような声が、背後でする。

意を決するまでもなくあっけなく口にできたことに、じぶんでも驚いた。

「コイツのせいだ、この佃煮野郎の」

そう言って箸で瓶の側面を叩く。

「コイツのせいで退職はする、離婚はする。二ついっぺんにやって来たよ。なかなかな不幸だろう？」

「ばかだね、この子は。今の話で私の不幸がまた倍増したよ」

母親はすぐそばに座り込んでくる。

「お前、会社クビになったの？」

「木部がヘマなことして、懲戒解雇になるところを、俺のクビと引き換えに助けてやったんだ。いいんだよ、これでいいんだ。もう人のクビ切らなくて済むんだ。俺はホッとしてんだよ」

それが本心だった。

人事部長にまでなってじぶんから役職を降りたやつなんて、一人もいない。会社を侮辱しているのか。役員の一人からはそんな風に言われた。

そう言われてむしろ、せいせいした。じぶんは最後の最後で、この大会社に染まってやらなかったのだと、そう思えた。台湾へと発った先輩の新内に、そう伝えたかった。

「そんなことがあったの。お前は木部さんを助けてやったんだね」

今ではもうただの酔っ払いではない、いつもの母親の声だった。

人を穏やかに見守る暖かな光のようなものが、母親の瞳には戻ってきていた。

「いつも暗い顔して現れるお前が、今日はみょうに表情が明るかったから、いいことでもあったのかと思ってたのよ」

母親は言った。

「いいことなんか何もないけど、まあでも、これ以上悪くなることもないだろ」

そう言って、グラスの酒をひと口飲んだ。

不思議な気持ちだった。

遠からず五十という歳で、無職になった。二十一年連れ添った妻と別れた。

この半年ほどで、幾度となく傷ついた。人を傷つけることもあった。

それでもじぶんはそうして傷つきながら、同時に、心の奥深くにもともと負ってい
た別の、深い、深い傷が、癒されていたのだという気がしていた。

「今、私にしてあげられることはないの？」

母親があらためてこちらへ向き直り、そう問いかけてくる。

「それがさ、あるんだよ」

そう伝える。

「どんなこと？　お金なら、私の生命保険を取り崩してあげるよ」

真っ先にそんなことを言ってくる母親が可笑しかった。

今のところはまだ、その必要はない。

「お金じゃない」

そう言って立ち上がり、居間の電灯を点ける。外ではもうすっかり日が翳《かげ》ってきて

いた。

そのまま食卓の椅子に座って、母親に向き直る。

内心では半分は、困るよと断られるのではないかと恐れていた。

もう半分は、きっと応えてくれるだろうという気がしていた。

「ローンの残ってるマンションを処分するから、しばらくここに世話になりたいんだけど」

思い切って、そう告げた。

母親は少しキョトンとしてから、やがてその顔に喜びを広げる。

「へえ、ここに住みたいの」

グラスを手に持って立ち上がり、母親はこちらへとやってくる。

そして、食卓を挟んで向かいに座る。

「大学に入る時、お父さんと大喧嘩して、この家には二度と帰らないと言ってた、お前がねえ」

笑顔のままの母親が言う。

「親父がいたら、とってもも許してもらえないだろうな。女房に逃げられた息子が、孫を連れて舞い戻ってくるんじゃ」

舞にはすでに電話で話していた。

パパもしばらくの間、おばあちゃん家に住まわせてもらおうと思うんだけど、どうだろう。

そう告げる時には、半分どころではない恐れがあった。

えー。パパ、酔っ払うといびきがうるさいからな。

舞は二言、三言、そんな苦言を口にした後で、分かった、と言った。

お布団はじぶんで敷くのよ。

「しょうがない、母さんの出番だね」

やがて母親が、下町の女将らしく、きっぷよく言う。

母親の背後では戸が開いていて、縁側越しに百日紅の植わった庭が覗ける。

庭の生垣の向こうでは、通りの街灯と街灯の間に、祭りの提灯が渡っているのが見える。

提灯は柔らかな光をこの家の庭にも投げかけている。

百日紅の桃色が、それに母親の育てる赤や、橙や、黄色の花が、その光によって浮かび上がって見える。

「悲しんでばかりいる時じゃないね」

そう言って、母親は顔をほころばせる。

その瞳には、新たな希望のようなものが灯っている。

「そうだよ。頼むよ、母さん」

照れることなく、正面に座る母親に真っ直ぐに向かって、そう返事をした。

グラスを手に取り、母親に掲げる。

うん、と嬉しそうに母親が言って、グラスを合わせる。

生まれて初めて二人で飲む酒を、ゆっくりと口にする。

その時、遠くで、どん、という低い音が響いた。

それから、しゃらしゃら、と何かが流れ落ちていくような音がする。

「あれ、花火？」

母親が言って、庭の方へと振り返った。

音はさらに続いた。どん、しゃらしゃら。どん、しゃらしゃら。

「今日、何日よ――七月二十九日じゃない、あんたの誕生日よ！」

そう言ってまた母親が笑う。

「ああ、そうか」

たった今気がついたというふりをする。本当は、離婚届を記入した時にすでに、そ

う と気がついていた。

会社を辞めたこと。離婚したこと。マンションを手放すこと。

そうした事柄を、ただの終わりだと思いたくなかった。青臭いようだけれど、これから始まるものがあるのだと、そう思いながらこの日に離婚届に判を捺した。

「見に行こうよ。あそこからだと、お向かいの屋根の上に、ちょっとだけ見えるんだよ、花火が」

ね、一緒に見ようよ。母親は少女のようにはしゃいで、さっそく庭へ出ていく。

「ああ！　見えた」

わあ、綺麗だ。庭に立ち、そう声を上げている母親の姿を、少しの間、ただ見ていた。

次々と打ち上がる花火の明滅によって、母親が暗がりから浮き上がり、また陰に溶けてを繰り返している。

そんな後ろ姿を見ていると、母親は本当にまだ年端のゆかない少女のようにも見えた。

恋をして舞い上がり、それを失って涙を流している少女。

打ち上がった花火に歓声を上げて、もっとよく見ようと背伸びをする、一人の女性。

けれどもちろん、他でもないじぶんの母親でもあった。

こちらを振り返って手招きするその顔には、皺だってある。彼女は今では大学生の孫娘のいる一人の祖母でもあった。

そんないくつもの母親の横顔を、打ち上がる花火がかわるがわる照らして見せてくれるようだった。

立ち上がり、縁側へ向かう。

向かいの家の屋根の上を覗き込んでみる。

「ねえ、昭夫」

母親がそう声をかけてくる。

「何?」

「お前は、ここの二階で生まれたんだよ」

唐突にそう言って、母親はこの家の二階を指差した。

「暑い日でね。お産婆さん呼んで、母さん汗だらけになって、うんうん唸《うな》ってた」

そう話す間にも、どん、しゃらしゃら、という音があたりに轟《とどろ》く。

母親は、五十年近く前に打ち上がったその花火を夜空に探すみたいにして、ぼんやりとした視線を浮かべている。

「そしたら、花火がドーン、ドーンと上がり始めて、お前がその花火と一緒に生まれたの」

また一つ空高く上がった花火の低い音が、腹の底にまで届いて、ずん、と響く。光ばかりでなく音を、そして振動までもを広げて、花火がこの体、この心の奥深くをも揺さぶっているようだった。

その揺さぶりによって何かが湧き出そうとしている。今はまだじぶんでもよく分からない何かが、じぶんを変えようとしている。そう感じた。

「ああ、世界中から祝福されてる。母さんその時、そう思ったんだよ」

母親が言った。

振り返り、こちらに向けて笑う母親に、頷いて返す。

それから、目に込み上げてくるものを感じて、俯く。

「ああ、すごい」

夜空に次々と花開く光を見て、母親が声を上げる。

その時、ポケットの中でスマートフォンが震えていることに気がついた。

舞から電話がかかってきていた。

「パパ、まだ家にいるの？　おばあちゃん連れて、早く言問橋の上に行きなよ。すごいよ！」

電話の向こうで上がる歓声に紛れて、舞がそう叫んでいるのが聞こえた。

「お前が連れてきゃいいじゃないか」

そう言うと、だめなの、と舞が返事をする。

「どうして——お前、一人じゃないのか？　誰と一緒なんだ？」

ピンとくるものがあって、そう問い質す。

母親と荻生とが、ボランティアに来ている大学生がどうとか話していた。

こちらで響いた花火の音に少し遅れて、電話の向こうからもどんという音がする。

「誰だっていいじゃない、じゃあね！」

カナリアのように澄んだ高い声で舞が言って、電話は切れた。

電話をかけ直してやろうかと思って、やっぱりやめる。

そうしている間にもまた花火は上がる。何度も、何度も上がる。

光が散り散りになった後、あたりは一時、暗闇に沈む。しんとした沈黙が占める。

もう終わってしまったのだろうか——そう不安になった頃合いを見計らうかのように、また花火が打ち上がって、光があたりを照らし出す。

光は、百日紅が、この古い家が、庭に立つ母親が、そして自分自身が、まだここにいることを知らせてくれる。

これからの人生を希望とともに考え始めたじぶんのことを、この花火は祝福していると感じる。

仕事と結婚に失敗した俺が、失恋したお袋と暮らし始める。

ま、それもいいか。空に咲き乱れる花を見上げながら思う。

よろしく頼むよ、母さん。

庭に立つただ一人の女性に向かって、胸の内でそう呼びかけた。

本書は、映画「こんにちは、母さん」(原作・永井愛、脚本・山田洋次 朝原雄三、監督・山田洋次)を原案として、著者が書き下ろした小説です。

JASRAC 出 2303742-301

|著者| 小池水音　1991年東京生まれ。慶應義塾大学総合政策学部卒業。2020年「わからないままで」で第52回新潮新人賞受賞。'22年発表の小説第三作「息」が三島由紀夫賞候補に。著書に、同作とデビュー作「わからないままで」を収録した『息』（新潮社）がある。

小説《しょうせつ》　こんにちは、母《かあ》さん

小池水音《こいけみずね》

講談社文庫

定価はカバーに
表示してあります

2023年7月14日第1刷発行

発行者――鈴木章一
発行所――株式会社　講談社
東京都文京区音羽2-12-21　〒112-8001

KODANSHA

電話　出版（03）5395-3510
　　　販売（03）5395-5817
　　　業務（03）5395-3615

デザイン―菊地信義
本文データ制作―講談社デジタル製作
印刷―――大日本印刷株式会社
製本―――大日本印刷株式会社

Printed in Japan

ISBN978-4-06-532479-0

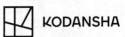

講談社文庫刊行の辞

二十一世紀の到来を目睫に望みながら、われわれはいま、人類史上かつて例を見ない巨大な転換期をむかえようとしている。

世界も、日本も、激動の予兆に対する期待とおののきを内に蔵して、未知の時代に歩み入ろうとしている。このときにあたり、創業の人野間清治の「ナショナル・エデュケイター」への志を現代に甦らせようと意図して、われわれはここに古今の文芸作品はいうまでもなく、ひろく人文・社会・自然の諸科学から東西の名著を網羅する、新しい綜合文庫の発刊を決意した。

激動の転換期はまた断絶の時代である。われわれは戦後二十五年間の出版文化のありかたへの深い反省をこめて、この断絶の時代にあえて人間的な持続を求めようとする。いたずらに浮薄な商業主義のあだ花を追い求めることなく、長期にわたって良書に生命をあたえようとつとめるところにしか、今後の出版文化の真の繁栄はあり得ないと信じるからである。

同時にわれわれはこの綜合文庫の刊行を通じて、人文・社会・自然の諸科学が、結局人間の学にほかならないことを立証しようと願っている。かつて知識とは、「汝自身を知る」ことにつきていた。現代社会の瑣末な情報の氾濫のなかから、力強い知識の源泉を掘り起し、技術文明のただなかに、生きた人間の姿を復活させること。それこそわれわれの切なる希求である。

われわれは権威に盲従せず、俗流に媚びることなく、渾然一体となって日本の「草の根」をかたちづくる若く新しい世代の人々に、心をこめてこの新しい綜合文庫をおくり届けたい。それは知識の泉であるとともに感受性のふるさとであり、もっとも有機的に組織され、社会に開かれた万人のための大学をめざしている。大方の支援と協力を衷心より切望してやまない。

一九七一年七月

野間省一

講談社文庫 最新刊

東野圭吾
私が彼を殺した〈新装版〉
容疑者は3人。とある〝挑戦的な仕掛け〟でミステリーに新風を巻き起こした傑作が再び。

佐々木裕一
町くらべ〈公家武者 信平㈤〉
町の番付を記した瓦版が大人気！ 江戸時代の「町くらべ」が、思わぬ争いに発展する――！

伊集院 静
ミチクサ先生(上)(下)
著者が共鳴し書きたかった夏目漱石。「ミチクサ」多き青春時代から濃密な人生をえがく。

小《こ》池《いけ》水《みず》音《ね》
〈小説〉こんにちは、母さん
あなたは、ほんとうに母さんで、ときどき女の人だ。山田洋次監督最新作のノベライズ。

武田綾乃
愛されなくても別に
家族も友人も贅沢《ぜいたく》品。現代の孤独を暴くシスターフッドの傑作。吉川英治文学新人賞受賞作。

森 博嗣
馬鹿と嘘の弓〈Fool Lie Bow〉
持つ者と持たざる者。悪いのは、誰か？ ホームレスの青年が、人生に求めたものとは。

大山淳子
猫弁と幽霊屋敷
前代未聞のペットホテル立てこもり事件で事務所の猫が「獣質」に!? 人気シリーズ最新刊！

講談社文芸文庫

大西巨人
春秋の花

大長篇『神聖喜劇』で知られる大西巨人が、暮らしのなかで出会い記憶にとどめた詩歌や散文の断章。博覧強記の作家が内なる抒情と批評眼を駆使し編んだ詞華集。

解説＝城戸朱理　年譜＝齋藤秀昭

おＵ４
978-4-06-532253-6

加藤典洋
小説の未来

川上弘美、大江健三郎、高橋源一郎、阿部和重、町田康、金井美恵子、吉本ばなな……現代文学の意義と新しさと面白さを読み解いた、本格的で斬新な文芸評論集。

解説＝竹田青嗣　年譜＝著者・編集部

かＰ７
978-4-06-531960-4

講談社文庫　目録

講談社文庫　目録

講談社文庫　目録

あさのあつこ　NO.6〔ナンバーシックス〕#7
あさのあつこ　NO.6〔ナンバーシックス〕#8
あさのあつこ　NO.6〔ナンバーシックス〕#9
あさのあつこ　NO.6beyond〔ナンバーシックス・ビヨンド〕
あさのあつこ　待ってる〈橘屋草子〉
あさのあつこ　さいとう市立さいとう高校野球部(上)(下)
あさのあつこ　甲子園でエースしちゃいました〈さいとう市立さいとう高校野球部〉
あさのあつこ　おれが先輩？〈さいとう市立さいとう高校野球部〉
阿部夏丸　泣けない魚たち
朝倉かすみ　肝、焼ける
朝倉かすみ　好かれようとしない
朝倉かすみ　ともしびマーケット
朝倉かすみ　感応連鎖
朝倉かすみ　たそがれどきに見つけたもの
朝比奈あすか　憂鬱なハスビーン
朝比奈あすか　あの子が欲しい
天野作市　気高き昼寝
天野作市　みんなの旅行
青柳碧人　浜村渚の計算ノート

青柳碧人　浜村渚の計算ノート　2さつめ〈ふしぎの国の期末テスト〉
青柳碧人　浜村渚の計算ノート　3さつめ〈水色コンパスと恋する幾何学〉
青柳碧人　浜村渚の計算ノート　3と$\frac{1}{2}$さつめ〈ふえるま島の最終定理〉
青柳碧人　浜村渚の計算ノート　4さつめ〈方程式は歌声に乗って〉
青柳碧人　浜村渚の計算ノート　5さつめ〈鳴くよウグイス、平面上〉
青柳碧人　浜村渚の計算ノート　6さつめ〈パピルスよ、永遠に〉
青柳碧人　浜村渚の計算ノート　7さつめ〈悪魔とポタージュスープ〉
青柳碧人　浜村渚の計算ノート　8さつめ〈虚数じかけの夏みかん〉
青柳碧人　浜村渚の計算ノート　8と2分の1さつめ〈つるかめ家の一族〉
青柳碧人　浜村渚の計算ノート　9さつめ〈恋人たちの必勝法《マーチンゲール》〉
青柳碧人　霊視刑事夕雨子《ゆうこ》1〈誰かがそこにいる〉
青柳碧人　霊視刑事夕雨子2〈雨空の鎮魂歌《レクイエム》〉
朝井まかて　花《はな》競《くら》べ〈向嶋なずな屋繁盛記〉
朝井まかて　ちゃんちゃら
朝井まかて　すかたん
朝井まかて　ぬけまいる
朝井まかて　恋歌
朝井まかて　阿《お》蘭《らん》陀《だ》西《さい》鶴《かく》
朝井まかて　藪《やぶ》医《い》ふらここ堂

朝井まかて　福袋
朝井まかて　草々不一
歩《あゆみ》りえこ　ブラを捨て旅に出よう〈貧乏乙女の"世界一周"旅行記〉
安藤祐介　営業零《ぜろ》課《か》接待班
安藤祐介　被取締役《とりしまられやく》新入社員
安藤祐介　おい！山田〈大翔製菓広報宣伝部〉
安藤祐介　宝くじが当たったら
安藤祐介　一〇〇〇ヘクトパスカル
安藤祐介　テノヒラ幕府株式会社
安藤祐介　本のエンドロール
青木理　絞首刑
麻見和史　石の繭〈警視庁殺人分析班〉
麻見和史　蟻《あり》の階段〈警視庁殺人分析班〉
麻見和史　水晶の鼓動〈警視庁殺人分析班〉
麻見和史　虚空の糸〈警視庁殺人分析班〉
麻見和史　聖者の凶数〈警視庁殺人分析班〉
麻見和史　女神の骨格〈警視庁殺人分析班〉
麻見和史　蝶の力学〈警視庁殺人分析班〉
麻見和史　雨色の仔羊〈警視庁殺人分析班〉

講談社文庫　目録

五木寛之　狼のブルース
五木寛之　海峡物語
五木寛之　風花のひと
五木寛之　鳥の歌(上)(下)
五木寛之　燃える秋
五木寛之　真夜中の望遠鏡〈流されゆく日々'78〉
五木寛之　ナホトカ青春航路〈流されゆく日々'79〉
五木寛之　旅の幻燈
五木寛之　他力
五木寛之　こころの天気図
五木寛之　新装版 恋歌
五木寛之　百寺巡礼 第一巻 奈良
五木寛之　百寺巡礼 第二巻 北陸
五木寛之　百寺巡礼 第三巻 京都Ⅰ
五木寛之　百寺巡礼 第四巻 滋賀・東海
五木寛之　百寺巡礼 第五巻 関東・信州
五木寛之　百寺巡礼 第六巻 関西
五木寛之　百寺巡礼 第七巻 東北
五木寛之　百寺巡礼 第八巻 山陰・山陽
五木寛之　百寺巡礼 第九巻 京都Ⅱ
五木寛之　百寺巡礼 第十巻 四国・九州
五木寛之　海外版 百寺巡礼 インド1
五木寛之　海外版 百寺巡礼 インド2
五木寛之　海外版 百寺巡礼 朝鮮半島
五木寛之　海外版 百寺巡礼 中国
五木寛之　海外版 百寺巡礼 ブータン
五木寛之　海外版 百寺巡礼 日本・アメリカ
五木寛之　青春の門 第七部 挑戦篇
五木寛之　青春の門 第八部 風雲篇
五木寛之　青春の門 第九部 漂流篇
五木寛之　親鸞 青春篇(上)(下)
五木寛之　親鸞 激動篇(上)(下)
五木寛之　親鸞 完結篇(上)(下)
五木寛之　五木寛之の金沢さんぽ
五木寛之　海を見ていたジョニー 新装版
井上ひさし　モッキンポット師の後始末
井上ひさし　ナイン
井上ひさし　四千万歩の男 全五冊
井上ひさし　四千万歩の男 忠敬の生き方
井上ひさし 司馬遼太郎　新装版 国家・宗教・日本人
池波正太郎　私の歳月
池波正太郎　よい匂いのする一夜
池波正太郎　梅安料理ごよみ
池波正太郎　わが家の夕めし
池波正太郎　新装版 緑のオリンピア
池波正太郎　新装版 殺しの四人〈仕掛人・藤枝梅安(一)〉
池波正太郎　新装版 梅安蟻地獄〈仕掛人・藤枝梅安(二)〉
池波正太郎　新装版 梅安最合傘〈仕掛人・藤枝梅安(三)〉
池波正太郎　新装版 梅安針供養〈仕掛人・藤枝梅安(四)〉
池波正太郎　新装版 梅安乱れ雲〈仕掛人・藤枝梅安(五)〉
池波正太郎　新装版 梅安影法師〈仕掛人・藤枝梅安(六)〉
池波正太郎　新装版 梅安冬時雨〈仕掛人・藤枝梅安(七)〉
池波正太郎　新装版 忍びの女(上)(下)
池波正太郎　新装版 殺しの掟
池波正太郎　新装版 抜討ち半九郎
池波正太郎　新装版 娼婦の眼
池波正太郎　〈レジェンド歴史時代小説〉近藤勇白書(上)(下)

2023年6月15日現在